Jane Crilly
Mit goldenem Löffel

Roman

*Aus dem Englischen
von Julia Becker*

Kampa

Der Titel der englischen Originalausgabe lautet *Silver Spoon*.

Für den Blick hinter die Verlagskulissen:
www.kampaverlag.ch / newsletter

Copyright © by Jane Crilly
Für die deutschsprachige Ausgabe
Copyright © 2024 by Kampa Verlag AG, Zürich
www.kampaverlag.ch
Covergestaltung: Lara Flues, Kampa Verlag
Covermotiv: © iStock / duncan1890,
© AdobeStock / New Africa (Löffel)
Satz: Herr K | Jan Kermes, Lara Flues
Gesetzt aus der Stempel Garamond LT / 240170
Druck und Bindung: Friedrich Pustet, Regensburg
Auch als E-Book erhältlich
ISBN 978 3 311 10143 7

Liebe Elise,

dies ist die Geschichte von Haddock Hall. Die Geschichte meiner Familie.

Wir wurden in dem Glauben erzogen, dass es die erstgeborenen Söhne waren, die das Anwesen bewahrten, von Generation zu Generation weitergaben. Dass es auf ihr finanzielles Geschick, auf ihren Verstand ankam. Aber mittlerweile bin ich davon überzeugt, dass es die Frauen waren, die Frauen, die wir – die Erstgeborenen und die Zweitgeborenen – geliebt haben, die für das Überdauern von Haddock Hall verantwortlich waren.

Elise, du bist Teil der Geschichte. Auf diesen Seiten werde ich Haddock Hall und uns alle, die wir dort gelebt und geliebt haben, noch einmal lebendig werden lassen.

Auf diesen Seiten werde ich dir ein Denkmal setzen.

Dein Wilson

Prolog

Haddock Hall ist heute ein unbedeutendes Museum. Touristen kommen, betrachten die Gemälde – Ölporträts meiner Ahnen – und antiken Möbel. Der Salon wurde so hergerichtet, dass man glauben könnte, dass jeden Moment jemand hereinkommen würde oder das Zimmer gerade erst verlassen hätte. Ein aufgeschlagenes Buch auf dem ovalen Tisch, daneben eine Teetasse.

Seit einem Jahr komme ich oft hierher, der Verwalter des Museums begrüßt mich stets freundlich. Ich reiche ihm das Eintrittsgeld. Sieben Pounds. Er gibt mir eine dünne Broschüre. Informationen über das Haus und über die Baronets von Haddock Hall. Primär über die Architektur und einzelne Ausstellungsstücke. Ein Satz über die Familie, die zweihundert Jahre hier gelebt hat. Der erste Baronet erhielt seinen Titel 1734 von König George II., sein Ende fand Haddock Hall mit dem sechsten Baronet um 1922.

Besuchern wird ein Spaziergang durch den Garten nahegelegt. Besonders sehenswert seien die Teichanlage und der Friedhof.

Der Verwalter weiß nicht, dass ich der Bruder des letzten Baronets von Haddock Hall bin, dass dies mein Zuhause war. Ein goldener Löffel ist alles, was mir von Haddock Hall geblieben ist. Ich trage ihn immer bei mir, wie einen Talisman.

»Sie kommen oft her«, sagte er einmal.

»Ja. Es ist … Die Gartenanlage und der Salon, ich schaue sie mir gerne an«, entgegnete ich.

»Sehr schön«, sagte er und lächelt etwas mitleidig.

Ich erinnerte ihn wohl an die alten Männer, die auf Parkbänken Tauben füttern. An die einsamen grauhaarigen Damen, die täglich in den Zoo gehen.

Als ich an einem Mainachmittag nach Haddock Hall kam, sah ich im Salon ein neues Ausstellungsstück. Ein silbernes Messer mit der Gravur *Haddock Hall*. Mein Herz raste. Ich suchte den Verwalter und fragte ihn, wo und wann das Messer gefunden worden war. Ich versuchte, meine Aufregung zu verbergen. Es gelang mir kaum.

Er sah mich halb verwirrt, halb amüsiert an. Eine Frau habe es vor ein paar Tagen gebracht, um es dem Museum zu stiften.

Ob er mir ihren Namen nennen könnte? Sie beschreiben?

Lange honigblonde Haare, gewellt. Haselnussbraune Augen. Sommersprossen auf der Nase.

Er durchsuchte eine Schreibtischschublade, zog einen Umschlag hervor.

»E. Bowles«, sagte er.

E. Elise ...

Ob er eine Adresse habe?

Der Verwalter zögerte.

»Bitte«, sagte ich. »Bitte.«

Er nickte, schrieb die Adresse auf einen Notizzettel und reichte mir das Papier.

Kelvedon. Essex. War Elise wirklich in England? Kelvedon war nur eine knappe Stunde entfernt von meiner Wohnung in Bishop's Stortford.

E. Bowles. Elise Bowles.

Ich hielt den Zettel wie einen Schatz in der Hand.

1

1920

Wie ein Geist schlich Maddox durch die Räume von Haddock Hall. Er suchte nach ihr, horchte, ob er Mutters sanfte Stimme irgendwo in dem riesigen Haus hören konnte. Jede Nacht, nach seiner erfolglosen Suche, rollte das Hündchen sich dann vor der Tür ihres Schlafzimmers zusammen und wartete auf sein Frauchen. Aber auch am nächsten Morgen öffnete sich die Tür nicht. Lilian Haddock war tot. Seit Monaten. Niemand nannte ihn mehr einen guten Jungen oder streichelte sein schwarzes glänzendes Fell.

In den ersten Tagen nach ihrem Tod jaulte Maddox oft, es klang wie das traurige Lied eines Betrunkenen. Dann versuchte er, unsere Aufmerksamkeit zu gewinnen. Lief meinem Vater, meinem Bruder oder mir hinterher. Aber keiner von uns kümmerte sich um ihn. Vielleicht weil er uns zu sehr an sie erinnerte und sein Anblick uns traurig stimmte. Vielleicht weil wir schon immer eifersüchtig auf ihn waren und uns jetzt an dem kleinen Mops rächten. Schließlich gab er auf und streifte nun allein durch Haddock Hall, suchte sie, hoffte auf ihre Rückkehr.

Als Mutter starb, war es, als ob jemand das Licht ausgeschaltet hätte.

Es war Lilian gewesen, die auf elektrischem Licht bestanden hatte. In dem Jahr, als mein Bruder und ich geboren wurden. Eine Neuerung, die unser Vater unnötig fand, primär aus finanziellen Gründen. Aber er konnte seiner Frau keinen Wunsch abschlagen.

Mein Vater George war der fünfte Baronet von Haddock Hall in Hertfordshire County. Sein Großvater, der dritte Baronet, hatte einen Teil der Ländereien, die zu Haddock Hall gehörten, verspielt. Erleichtert war man, als der noch junge dritte Baronet an einem Sonntagnachmittag betrunken die Treppe hinunterstürzte und sich das Genick brach. Jeder hatte gewusst, dass er seine Spielsucht niemals in den Griff bekommen hätte. Dass es nur eine Frage der Zeit gewesen wäre, bis er das gesamte Anwesen verspielt hätte. Es kursierte das Gerücht, dass es kein Unfall gewesen war, sondern seine Frau ihm einen Schubs versetzt hatte. Dass sie es gewesen war, die Haddock Hall vor dem Untergang bewahrt hatte.

Der vierte Baronet waltete weise. Er reduzierte das Hauspersonal. Entließ sieben der zwölf Diener. Zwei der drei Küchenhilfen. Verringerte den übrigen Stab auf ein Dienstmädchen, eine Zofe, ein Kindermädchen, den Butler und die Haushälterin. Die prunkvollen Bälle, für die Haddock Hall bekannt war, fanden nicht mehr dreimal, sondern nur noch einmal im Jahr statt. Außerdem investierte er in ein australisches Bergbauunternehmen, das sich auf Kupfergewinnung spezialisiert hatte und anfangs große Gewinne abwarf. So sicherte er den Fortbestand von Haddock Hall trotz anhaltender Agrarkrise und des finanziellen Schadens, den sein Vater verursacht hatte. Das Anwesen zu bewahren war die Aufgabe eines jeden Baronets von Haddock Hall.

Das Herrenhaus war im elisabethanischen Stil gebaut. Die Fassade bestand aus rotem Backstein, der mit steinernen Verzierungen versehen war. Die Türme an den Ecken verliehen dem Gebäude einen leicht gotischen Flair oder, wie meine Mutter sagte, etwas Märchenhaftes. Ein von Säulen getragenes Vordach erstreckte sich über den Eingang. Die Fenster waren in einem regelmäßigen Raster angeordnet. Mehrere kleine rechteckige Glasfenster, die durch Holzsprossen voneinander getrennt waren. Keller, Erdgeschoss, zwei Stockwerke, Dachgeschoss. Sechsundvierzig Räume. Eine lange Allee führte zum Haus. Von der Allee zweigten Wege ab, die zu weitläufigen Rasenflächen, einer Teichanlage und einem Rosengarten führten.

Haddock Hall war wie ein Lebewesen, mit dem wir in einer symbiotischen Beziehung standen. Wir brauchten einander. Ohne das Anwesen würden wir nicht überleben, und ohne uns würde es Haddock Hall nicht geben.

Auf den verpachteten Ländereien wurde hauptsächlich Getreide angebaut. Obwohl uns nicht ebenbürtig, waren auch die Pächter Teil der Symbiose. Seit Jahrzehnen waren es die gleichen vier Familien, die unsere Ländereien bewirtschafteten: die Archers, die Frasers, die Nolans und die Carvers. Weihnachten luden meine Eltern die Kinder der Familien zu uns ein, es gab Truthahn und Christmas Pudding. Meine Mutter spielte Weihnachtlieder auf dem Klavier. Auch die Kinder der Pächter verehrten sie. Ihre Wangen glühten, wenn sie ihnen über den Kopf streichelte, sich zu ihnen hinunterbeugte und sich nach ihrem Wohlbefinden erkundigte. Lilian hatte blondes gewelltes Haar, tiefblaue Augen, lange Wimpern und ein nie verschwindendes Lächeln, das Güte und Weisheit ausstrahlte.

Am Ende der Weihnachtsfeier reichte Lilian jedem Kind eine Tüte mit Pfeffernüssen und Humbugs. Mein Bruder und ich mochten es überhaupt nicht, ihre Aufmerksamkeit mit einem Haufen anderer Kinder zu teilen. So saßen wir meist etwas abseits und schmollten. Stachelten einander an.

»Siehst du, wie sie Rodney Fraser anguckt? Wahrscheinlich mag sie ihn lieber als uns«, sagte mein Bruder.

»Ich hasse ihn.«

Und dann überlegten wir, was wir dem kleinen Rodney antun könnten, um sicherzugehen, dass er nächste Weihnachten nicht auftauchen würde.

Unsere Mutter bestand darauf, uns jeden Abend, wenn wir in unseren Betten lagen, gute Nacht zu sagen. Selbst wenn Gäste da waren, entschuldigte sie sich kurz, schritt die Treppen hinauf, kam in unser Zimmer, küsste uns auf die Stirn und fragte: »Seid ihr glücklich, meine Jungs?«

Und wir antworteten: »Ja.«

Denn in diesem Moment – was auch immer für Sorgen auf unseren Kinderherzen lasteten – waren wir glücklich.

»Dann bin ich es auch«, sagte sie.

Unser Vater kam nie in unser Zimmer, fragte nie, ob wir glücklich waren. Aber er ließ unserer Mutter ihr Ritual, ohne zu klagen. Damals war es nicht gängig, dass die Dame des Hauses eine Abendgesellschaft verließ, um ihren Kindern eine Gute Nacht zu wünschen. Und wenn einige der Gäste befremdlich die Stirn runzelten, verteidigte Vater seine Frau mit einem Lächeln.

2
Bulldogge

Nicht nur der dritte Baronet, der Haddock Hall fast verspielt hatte, war jung gestorben. Ein früher Tod schien das Schicksal aller Baronets von Haddock Hall zu sein. Daher bereiteten die Väter ihre Erstgeborenen schon als Kinder auf ihr Erbe vor. Versuchten ihnen die Bedeutung ihrer Aufgabe nahezulegen.

Mein Bruder Edmund war neun Minuten und vierzig Sekunden älter als ich und somit der zukünftige sechste Baronet. Ich kann mich nicht daran erinnern, dass uns erklärt wurde, was die wenigen Minuten Altersunterschied für unseren Werdegang bedeuteten. Wir wussten es von Anfang an.

Edmund und ich waren Zwillinge, hatten beide die grüngrauen Augen unseres Großvaters, sahen uns ansonsten aber nicht ähnlich. Edmund hatte schwarze Haare und war von stämmiger Statur. Meine Haare waren blond, ich war größer und schlaksig.

Unsere Mutter behandelte uns beide gleich, Vater jedoch schenkte Edmund mehr Aufmerksamkeit und Zeit. Als Kind machte es mich traurig, von meinem Vater übersehen zu werden, später schätzte ich die Freiheit, die mir dadurch geschenkt wurde.

Unser Vater George war ein ernster Mann, kühl sein Wesen. Nur in Lilians Gegenwart bröckelte die Fassade. Sie hatten sich 1901 kennengelernt, beim Sommerball auf Haddock Hall. Einhundertsechzehn Gäste waren geladen.

Unser Großvater Archie, der vierte Baronet, und seine Frau Mary stellten die Gästeliste mit großer Sorgfalt zusammen. In diesem Jahr ging es nicht nur um ein Fest, bei dem man sich amüsierte und noch viele Wochen später über das gute Essen, die illustre Gesellschaft und die Schönheit des Anwesens sprach. In diesem Jahr wollten Archie und Mary eine Ehefrau für ihren erstgeborenen Sohn finden.

Es war fast schon ein Trend, dass adlige britische Söhne reiche Amerikanerinnen heirateten. Ihr Kapital half, die Anwesen durch die finanziell schweren Zeiten zu tragen und in die Kolonien des Empires zu investieren. So wurden gleich drei junge Amerikanerinnen aus vermögendem Hause auf die Gästeliste gesetzt. Außerdem die Tochter eines Earls: Anne, ein plumpes, lautes Wesen, deren Spitzname Bulldogge war. Anne war stolz auf diesen Namen. Man hatte den Earl sagen hören, dass er den Bräutigam – wenn sich doch nur einer erbarmen würde – mit einer hohen Mitgift entschädigen würde. Weitere Damen auf der Gästeliste waren die Schwestern Jane und Harriet, Töchter eines vermögenden Baronets aus Somerset, und Catherine, die jüngere Schwester eines Lords aus Kent.

Das Dinner sollte im Salon stattfinden, der Tanz im Garten. Auf dem Rasen wurde Parkettboden verlegt. Eine Bühne für das Orchester errichtet. Pavillons aufgestellt. Hunderte Fackeln positioniert.

Das Dinner wurde mit der Köchin besprochen, eine Weinliste mit dem Butler erstellt. Sechs zusätzliche Diener, drei weitere Küchenhilfen und zwei Hausmädchen, die dabei halfen, die Gästezimmer herzurichten, wurden angeheuert.

Die Vorbereitungen wurden in diesem Jahr mit so großer Ernsthaftigkeit betrieben, dass man hätte meinen können, es ginge um Leben und Tod und nicht um eine Tanzveranstaltung, bei der ein junger Mann seine Braut finden sollte.

Der Einzige, der sich von dem Ganzen ungerührt zeigte, war Georges jüngerer Bruder Clay.

»Er erinnert mich an meinen Vater«, sagte Archie oft. An den dritten Baronet, den Spieler, den Trinker. »Wir können Gott danken, dass George der Ältere ist. Clay würde Haddock Hall ruinieren. Ihm fehlt es an Verantwortungsbewusstsein.«

»Aber er ist ein exzellenter Reiter«, verteidigte ihn Mary, die ihren jüngeren Sohn trotz oder gerade wegen seiner Unbesonnenheit über alles liebte.

Clay war nicht nur ein guter Reiter, er setzte auch gerne auf Pferde. Und das betrieb er mit großem Leichtsinn. Er wettete auf Pferde, deren Namen ihm gefielen, freute sich, wenn er gewann, und lachte, wenn er verlor. Er war nicht – im Gegensatz zu seinem Großvater – süchtig. Pferderennen amüsierten ihn, und das war alles, was er wollte.

Regelmäßig unternahm er Ausflüge zur Rennbahn in Newmarket, Suffolk. Verschwand für Tage. Und wenn er wiederauftauchte, waren seine Taschen leer und sein Herz voller Geschichten. Schlägereien in zwielichtigen Pubs, Affären mit verheirateten Ladys.

George hörte zu, wenn Clay von seinen Abenteuern erzählte. Je älter er wurde, desto kritischer kommentierte er die Geschichten seines kleinen Bruders. Wies auf die Pflichten hin, die ihr Name mit sich brachte.

»Du bist der Erbe«, sagte Clay mit einem Lächeln.

»Aber du bist auch ein Haddock«, sagte George.

»Ein paar schwarze Schafe gehören zu jeder guten Familie.«

»Kannst du nichts ernst nehmen?«

Clay lachte laut auf. »Nein.«

Am Morgen des Sommerballs schien das Haus zu vibrieren. Stimmengewirr, Fußgetrampel, lange Tische wurden aufgestellt. In der Mitte des Geschehens der etwas übergewichtige Butler Lloyd, der wie ein Dirigent Anweisungen gab. Seit dreißig Jahren war er der Butler von Haddock Hall. Nichts konnte ihn aus der Ruhe bringen. Trotz seiner Leibesfülle bewegte er sich leichtfüßig. Sein dichtes graues Haar war stets mit so viel Pomade bearbeitet, dass es einem Helm glich. Alles an ihm war groß: seine Statur, seine Nase, seine Ohren, seine Hände.

Ein Teil der Gäste würde über Nacht in Haddock Hall bleiben, andere bei den Marfords, die ebenfalls ein Anwesen in Hertfordshire County besaßen.

Unter den ersten Gästen, die am Vormittag eintrafen, befand sich Anne »Bulldogge«, die Tochter des Earls von Walden, mit ihrer Zofe und ihrer Freundin Lilian Godwell. Lilians Vater, Jacob Godwell, hatte es zu einigem Wohlstand in der Textilindustrie gebracht. Die Geburt von Lilian, dem einzigen Kind der Godwells, war ein Wunder gewesen. Mrs Godwell war bereits über vierzig und hatte gesundheitliche Probleme, als sie schwanger wurde. Zehn Jahre später starb sie. Jacob Godwell tat alles, um das Leben seiner mutterlosen Tochter so unbeschwert und schön wie möglich zu gestalten. Er überschüttete sie mit Liebe und guter Erziehung. Hörte ihr zu, reiste mit ihr. Er hielt das Andenken an die Mutter lebendig, ohne Lilian jemals den Schmerz zu zeigen, den der Tod seiner Frau hinterlassen hatte.

Alles, was sich Jacob für seine Tochter gewünscht hatte, sollte wahr werden. Lilian wuchs zu einer gebildeten, selbstbewussten jungen Frau heran, und sie war so schön wie einst ihre Mutter.

Anne und Lilian kannten sich, seitdem sie Kinder waren. Obwohl Jacob Godwell über keinen Titel verfügte, verband ihn und den Earl eine tiefe Freundschaft. Niemand kannte die genauen Umstände dieser Verbindung. Als beide im gleichen Jahr Vater einer Tochter wurden, beschlossen sie, dass die Mädchen Freundinnen werden sollten. Und sie wurden Freundinnen, obwohl sie nicht unterschiedlicher hätten sein können.

Ein Hauslehrer nach dem anderen kündigte dem Earl. Es sei eine unmögliche Aufgabe, Anne zu unterrichten. »Sie hat das Buch aufgegessen«, sagte Mr Brown, der Anne in Literatur und Geschichte unterrichtete.

»Aufgegessen?«, fragte der Earl entsetzt.

Der Lehrer nickte.

»Nur ein paar Seiten«, verteidigte sich Anne später und lachte.

Sie konnte weder Klavier spielen noch singen oder zeichnen. Aber sie war eine leidenschaftliche Reiterin. Furchtlos, geradezu waghalsig.

Unser Vater George und sein Bruder Clay hatten Anne im Sommer zuvor bei einer Jagdgesellschaft kennengelernt. Sie hatte bei Clay durch ihren

Reitstil großen Eindruck hinterlassen. Und auch Clay hatte sich in ihr Gedächtnis eingeprägt. Sie waren aus ähnlichem Stoff gemacht. Dem Tuch der Abenteurer.

»Vielleicht solltest du ihn heiraten«, sagte Lilian zu Anne während ihrer Reise nach Haddock Hall.

»Nein. Ganz bestimmt nicht«, sagte Anne und lachte.

Anne wollte niemanden heiraten. Sie wusste, dass es von ihr erwartet wurde, doch sie hatte sich fest vorgenommen, diesem ihr vorbestimmten Schicksal zu entgehen. Sie wusste, dass Gott auf ihrer Seite war und sie deshalb mit einem plumpen Äußeren und einem wilden, mutigen Herzen ins Leben geschickt hatte. Wie unfair es war, dachte sie oft, wenn sie ihre vier Brüder – die Waschlappen, wie sie sie nannte – betrachtete. Die vier hatten so viele Möglichkeiten, ihr Leben zu gestalten. Sie konnten zum Militär oder in die Politik gehen, in den Kolonien ihr Glück versuchen. Und Anne, intelligenter als alle vier Waschlappen zusammen, sollte einfach nur die Ehefrau eines Mannes werden?

3

Ein Sommerball

George erblickte sie beim Dinner. Blondes gewelltes Haar, tiefblaue Augen, lange Wimpern, ein Lächeln, das Güte und Weisheit ausstrahlte.

Sie saß an einem anderen Tisch. Er eingekesselt zwischen Jane und Harriet, den Töchtern des Baronets aus Somerset. Die Schwestern plapperten über ihr Leben in Bath. Über ein ganz ausgezeichnetes Konzert, das sie erst letzte Woche in den Upper Assembly Rooms besucht hatten, und eine ganz wunderbare Inszenierung, die sie im Theatre Royal gesehen hatten. Und dann diskutierten sie, ob es *Was ihr wollt* oder *Wie es euch gefällt* gewesen war. Jedenfalls Shakespeare, sagten sie einstimmig.

»Wer ist das?«, fragte George und deutete mit dem Kopf in die Richtung der blonden Dame.

Die Schwestern, etwas überrascht, dass er so gar nicht ihren amüsanten Geschichten gefolgt war, blickten zu dem Tisch, auf den er gedeutet hatte. Dann sahen sie einander an, dann ihn.

»Anne?«, fragte Jane.

»Neben Anne«, sagte er.

»Oh. Das ist … Ich glaube, sie heißt Lili…«, sagte Harriet.

»Lilian«, sagte Jane.

»Ja, Lilian«, bestätigte Harriet.

»Lilian«, sagte George. »Wer … wer ist sie?«

»Oh, niemand. Nur eine Freundin von Anne«, sagte Jane.

»Ihr Vater ist in der Textilindustrie«, sagte Harriet.

»Sie war mit Anne öfters bei uns in Bath«, sagte Jane. Und Harriet nickte.

Als das Dinner beendet war, zog die Gesellschaft in den Garten. Das Orchester spielte. Hunderte Fackeln erhellten die Nacht. Paare tanzten im Vierviertelakt einen Schottischen. Andere saßen an kleinen runden Tischen.

George umrundete die Tanzfläche, suchte nach Lilian, fand sie schließlich an einem etwas versteckten Tisch mit Anne und seinem Bruder.

»Schon eine Braut gefunden?«, fragte Clay, als George auf sie zukam. »Das alles hier«, sagte er und breitete seine Arme aus, »veranstalten unsere lieben Eltern, damit George, der zukünftige fünfte Baronet, eine gute Partie findet.«

»Der Ball findet jedes Jahr statt«, sagte George.

Clay lachte. »Aber dieses Jahr haben sich die Haddocks so richtig ins Zeug gelegt.«

»Hallo, Anne«, sagte George, ohne Clay weiter zu beachten.

»George«, sagte Anne und grinste. »Ich bin nicht zu haben. Auch wenn mein Vater das Gegenteil behauptet.«

George lächelte, dann wandte er sich an Lilian.

»Hallo«, sagte er.

»Hallo«, sagte Lilian.

»Das ist Lilian. Meine älteste Freundin«, sagte Anne. Und dann zu Lilian: »Das ist George.«

Lilian und George schüttelten einander die Hand. Sahen sich an. Später würde George sagen, dass er in diesem Moment wusste, dass er Lilian und keine andere heiraten würde. Dass diese Frau ihn glücklich machen und er alles tun würde, um sie glücklich zu machen. Dass er sie bis an sein Lebensende lieben würde, bis Lilian ihn zu Grabe tragen würde. Jeder Baronet von Haddock Hall war vor seiner Frau gestorben.

Während er Lilians Hand hielt, sah er seine Zukunft an sich vorbeiziehen. Hochzeit. Kinder – mindestens zwei. Geburtstage und Jubiläen. Und dann stand Lilian, eine ältere Version der Frau, die ihn gerade halb verlegen, halb amüsiert anlächelte, an seinem Grab.

Clays und Annes Lachen riss ihn aus seinen Gedanken. Abrupt ließ er Lilians Hand los.

»George, willst du mit uns kommen oder auf Brautschau gehen?«, sagte Clay.

»Wohin? … Mit wem?«, stammelte er.

»Zum Teich«, sagte Clay und hielt zwei Flaschen Champagner hoch. Grünes Glas, bronzefarbene Etiketten. »Das Beste, was unser Weinkeller zu bieten hat.«

»Ich muss … Die Gäste … Der Tanz …«, stammelte George.

»Du musst tanzen?«, fragte Clay und lachte. »Er muss tanzen!«

George schüttelte den Kopf, dann wandte er sich an Lilian. »Gehen Sie auch zum Teich?«

Lilian nickte.

»Gut«, sagte George. »Dann los.«

4

Die Braut

»Teich?«, fragte Lilian, als sie an dem Gewässer standen. »Eher ein See.«

»Ein kleiner See«, sagte Clay.

Den Teich hatte der zweite Baronet bauen lassen. Neun Hektar, an der tiefsten Stelle maß das Gewässer sechs Meter, gelbe und weiße Teichrosen bedeckten die Oberfläche.

Clay öffnete eine Flasche Champagner.

»Auf die Haddocks, die entweder übertreiben oder untertreiben.« Er trank einen Schluck und gab Anne die Flasche.

»Nicht nur die Haddocks«, sagte Anne, trank und reichte Lilian den Champagner.

Anne zog ihre Schuhe aus.

»Was machst du?«, fragte Lilian.

»Na, reinspringen!« Schon stand sie in Unterwäsche da. Ohne jedes Gefühl von Scham. Beine wie Baumstämme. Fleischige Arme. Clay tat es ihr nach. Streifte seine Sachen ab. Gemeinsam rannten sie ins Wasser, wateten durch Seerosen, bis sie eine tiefere Stelle erreichten, und schwammen los. Lilian und George blieben allein am Ufer zurück. Einen Moment lang schwiegen sie. Dann begann George zu reden. Lilian würde später erzählen, dass sie George niemals wieder so viel hatte sagen oder so schnell hatte sprechen hören. Er packte sein ganzes Leben in Worte. Die Geschichte der Haddocks, eine Prognose seiner Zukunft. Sein Mund war trocken, er schluckte.

»Lilian, wollen Sie mich heiraten?«, fragte er unvermittelt.

Sie sah ihn ungläubig an. »Wir haben uns doch gerade erst kennengelernt.«

Anne und Clay kamen aus dem Wasser. Ausgelassen, laut. Belebt vom kalten Nass und dem Champagner.

Anne sah ihre Freundin und George an, die schweigend nebeneinanderstanden.

»Was ist mit euch? Ihr seht aus, als ob jemand gestorben wäre. Ist jemand gestorben?«

Clay lachte. »Er hat es getan.«

»Was hat er getan?«, fragte Anne.

»Clay!«, sagte George warnend.

»Was hast du getan, George?«, fragte Anne.

»Er hat ihr einen Heiratsantrag gemacht«, sagte Clay.

»Das ging schnell«, sagte Anne und lachte.

»George«, sagte Clay, »ganz der gute Sohn. Er soll eine Braut finden, und er macht einer jungen

Dame einen Heiratsantrag. Noch vor Mitternacht. Aber er ist nicht der perfekte Sohn, denn seine Wahl fällt auf die bezaubernde Lilian, die nicht auf der Wunschliste unserer lieben Eltern steht.« Er wandte sich an Lilian und verbeugte sich. »Entschuldigung, aber das Heiratsgeschäft ist eine oberflächliche Sache. Vermögen oder Titel, möglichst beides, soll die Braut des zukünftigen Baronets von Haddock Hall mitbringen.«

»Clay, sei still«, sagte George. Sein Gesicht rötete sich vor Scham und Wut.

Lilian konnte in der Dunkelheit seine glühenden Wangen nicht sehen, aber sie spürte seine Verlegenheit.

»Zu schade für eure Eltern, denn ich habe Ja gesagt«, sagte Lilian, weil George ihr unendlich leidtat. Sie ergriff seine Hand. »Ihr beide könnt hier stehen bleiben, bis ihr trocken seid. Wir gehen zurück und tanzen.«

Lilian zog George mit sich, der nicht wusste, wie ihm geschah.

Nach dem vierten Tanz fragte George: »Haben Sie … Hast du … Willst du mich wirklich heiraten?«

Anders als ihre Freundin Anne akzeptierte Lilian die Rolle, die die Gesellschaft einer jungen Frau zugedacht hatte. Sie wollte heiraten, Kinder kriegen. Und George, den sie kaum kannte, fühlte sich vertraut an.

»Was werden deine Eltern sagen?«, fragte sie.
»Sie werden schon einverstanden sein.«
Lilian nickte.
Am nächsten Morgen, die Gäste schliefen noch, klopfte George an die Tür seiner Mutter Mary. Sie hörte zu. Lilian Godwell. Mary lächelte. Ihr Sohn hatte getan, was sie von ihm erwartet hatten. Er hatte eine Braut gefunden. Aber es war die falsche. Jacob Godwell verfügte weder über Titel noch über Vermögen. Die Mitgift würde bedeutungslos sein.

Doch Mary wusste auch, dass die Weisheit einer Frau wichtiger sein konnte als Wohlstand und ihr Familienname. Sie dachte an die Mutter ihres Mannes. Als Willow im Sterben lag, verlangte sie, Mary zu sehen. Mary saß am Bett ihrer Schwiegermutter. Hielt die Hand der alten Dame.

»Mary, ich war es. Ich habe ihn getötet«, sagte Willow.

»Wen hast du getötet?«

»Ihn. Er ist nicht gefallen. Ich habe ihn die Treppe hinuntergeschubst. Nur … nur ganz leicht. Ich … Er hätte alles verloren.«

Und Mary verstand. Willow hatte ihren eigenen Mann, den dritten Baronet, den Spieler, getötet.

»Ich habe ihn geliebt«, sagte Willow. »Sehr. Aber er …« Eine Träne lief über ihre Wange. »Jetzt kann Gott mich richten.«

Mary drückte Willows Hand. »Gott wird dir verzeihen.«

Willow lächelte. »Haddock Hall ist mehr als ein Haus. Ich musste es beschützen.«

»Mama«, die Stimme ihres Sohns riss Mary aus ihren Gedanken.

»Lilian Godwell«, sagte Mary. Sie hatte Lilian vor zwei Jahren bei einem Dinner kennengelernt. Lilian war in Begleitung von Anne und dem Earl von Walden gekommen. Und die junge Frau war Mary aufgefallen. Durch ihre Klugheit und ihren Charme, der nichts Aufdringliches oder Kokettes hatte.

Mary stand auf, zog einen seidenen Morgenmantel an. »Lass uns mit deinem Vater sprechen.«

Archies Zimmer war gleich neben Marys. Es gab eine Verbindungstür. Ohne anzuklopfen, öffnete Mary sie und betrat, gefolgt von George, Archies Zimmer.

Der vierte Baronet war wenig begeistert von der Brautwahl seines Sohnes. Aber er hörte auf seine Frau, deren Ratschläge sich stets als richtig erwiesen hatten.

5

Motive

Im folgenden Frühling fand die Hochzeit statt. In den Monaten zwischen ihrer ersten Begegnung und der Trauung hatten sich George und Lilian besser kennengelernt. Je mehr Zeit sie miteinander verbrachten, desto glücklicher waren sie über ihren spontanen Entschluss, zu heiraten.

Selbst Archie schien zufrieden. Mehr als zufrieden. Lilians Charakter, ihre Wärme, ihr Geist hatten ihn von der Richtigkeit dieser Verbindung überzeugt. Er wusste, dass Haddock Hall in guten Händen war.

Die Feierlichkeiten fanden im Haus statt.

»Anne, lass uns verschwinden«, sagte Clay, als das Orchester zu spielen begann. Sie folgte Clay nach draußen. Eine kühle Aprilnacht. Sie liefen am Ufer des Teichs entlang, bogen rechts ab, liefen durch eine Allee, bis sie eine Lichtung erreichten. Der Friedhof von Haddock Hall. Etwa dreißig Grabsteine. Manche schlicht, auf anderen wachten steinerne Engel. Eichen- und Fliederbäume spendeten Schatten.

»Ich komme gerne hierher«, sagte Clay und grinste. »Das ist das Ende.« Er breitete seine Arme aus. »Tadaa. Egal, was wir erreichen oder zerstören, wir enden alle hier.«

»Und was willst du erreichen oder zerstören, bevor man dich vergräbt?«

»Ich will mich amüsieren. So gut es geht. Und du, Anne?«

Sie überlegte kurz. »Auf meinem Grabstein soll *Anne of Walden* stehen. Und nicht *Anne irgendwas*. Ich will nicht die Frau von jemandem sein. Ich will, dass sie Geschichten über mich erzählen, die ihre Kinder nicht hören dürfen.« Sie lachte.

»Wir sollten uns zusammentun«, sagte Clay.

»Hast du mir nicht zugehört? Ich will nicht heiraten!«

»Das meine ich auch nicht. Als Freunde. Wir können einander helfen.«

»Wie?«

Clay zuckte mit den Schultern. »Ich weiß nicht. Aber vielleicht wird der Moment kommen, in dem wir einen Verbündeten brauchen.«

Anne nickte. »Einverstanden.«

Sie reichte Clay die Hand. Er schlug ein.

»Ich werde Lilian vermissen«, sagte sie.

»Du kannst sie doch besuchen.«

»Lilian war meine ständige Begleiterin. Eine Art Schutzschild oder Ausgleich. Das wird jetzt anders sein. Glaubst du, sie lieben einander? Dein Bruder und Lilian?«

»Ja.«

»Warst du schon mal verliebt?«

»Oft. Für Stunden, zwei Tage, und ein paarmal für eine ganze Woche.« Er lachte laut. »Und du?«

»Nie. Wie fühlt es sich an?«

Clay dachte nach. »Mmmh ... Es macht dich ein wenig verrückt. Schwindelig. Du vergisst dich selbst. Du fühlst dich leicht. Wie wenn du von Trab in Galopp verfällst, dieser erste Moment, nur viel intensiver. So fühlt es sich an.«

»Und wie hört es auf?«

»Wie das Ende einer Fuchsjagd, bei der der Fuchs getötet wird. Du siehst das tote Tier und wirst plötzlich traurig. Dir fällt auf, wie klein und schön der Fuchs ist. Die ganze Gesellschaft ist ausgelassen und gratuliert dem Sieger. Jemand reicht dir ein Glas Wein, und irgendwie schmeckt er sauer. Du blickst dich um, fragst dich, ob jemand das Gleiche fühlt. Aber du siehst nur fröhliche Gesichter und weißt, dass du allein bist. Nach dem fünften Glas ist es dir egal. Alles. Der saure Wein, der tote Fuchs und deine Einsamkeit.«

»Das ist das Ende der Liebe?«

»Des Verliebtseins. Von Liebe weiß ich nichts.« Wieder lachte Clay laut. »Vielleicht gehe ich eine Weile nach Indien oder Australien«, wechselte er das Thema.

»Einer meiner Brüder, Hank, ist in Indien.«

»Und was sagt er? Wie ist es?«

»Er will zurückkommen.«

»Warum?«

»Weil er ein Waschlappen ist, so wie alle meine Brüder. *Ich* hätte ein Junge sein sollen. Ich würde etwas Großartiges aus meinem Leben machen.« Annes Blick schweifte über die von ewigen Lichtern erhellten Grabsteine. »Ich *werde* etwas Großartiges aus meinem Leben machen. So oder so«, sagte sie entschlossen.

Clay nickte. »Glaubst du, dass jeder Mensch ein … wie soll ich es nennen … ein Motiv hat oder von einer bestimmten Sache, einem Ziel angetrieben wird?«

»Wahrscheinlich.«

»Und glaubst du, dass jene mit einem konkreten Motiv glücklicher sind als die mit nur einer Ahnung oder einer schwammigen Vorstellung von ihrem Ziel?«

»Was meinst du?«, fragte Anne.

»Mein Bruder … Klares Ziel: Der fünfte Baronet von Haddock Hall werden, das Anwesen gut verwalten und einen Erben produzieren. Ich … ich will mich einfach nur amüsieren. Das kann alles sein. Das kann sich ständig ändern.«

»Keine Ahnung. Vielleicht ist das Leben einfacher, wenn man genau weiß, was man will. Aber vielleicht ist es einfacher, wenn man es nicht weiß.«

Jetzt lachten sie beide.

»Und dann enden wir alle hier. Das ist sicher«, sagte Clay.

6

Der goldene Löffel

Robert, der erste Baronet von Haddock Hall, hatte von seinem Vater als Startkapital ein Stück Gold bekommen. Ohne den Klumpen Gold anzurühren, erwirtschaftete Robert ein Vermögen, errang einen Titel und erwarb Haddock Hall. Bei einem Londoner Schmied ließ er aus dem Gold seines Vaters einen Löffel anfertigen. Ein langer Griff mit einer Gravierung. *Haddock Hall.*

Er schenkte seinem erstgeborenen Sohn den goldenen Löffel zur Hochzeit. Eine Hochzeit war das Versprechen der Zeugung einer neuen Generation. Das Versprechen des Fortbestandes von Haddock Hall.

Auch der zweite Baronet schenkte den Löffel seinem erstgeborenen Sohn zur Hochzeit.

Oliver, der dritte Baronet, legte den Löffel seines Großvaters beim Hazard, seinem liebsten Würfelspiel, als Einsatz auf den Tisch und verlor. Als seine Frau Willow von dem Verlust des Löffels erfuhr, setzte sie alles daran, ihn zurückzubekommen. Sie schrieb Dutzende Briefe. An Bekannte, an zwielichtige Etablissements in London. Es dauerte fast ein Jahr, bis sie den Löffel bei einem kleinen Pfandleiher in Chelmsford, Essex aufspürte. Mr Miller, der Pfandleiher, bestätigte ihr in einem Brief, dass der Löffel in seinem Besitz sei. Ohne ihren Mann zu unterrichten, reiste sie in einer Pferdekutsche nach Essex. Fünfzig Meilen. Willow tauschte eine goldene Halskette und einen Ring mit einem Rubin, beides Geschenke ihrer Eltern, gegen den Löffel. Willows Schmuck war weitaus wertvoller als der Löffel, aber die Frau des dritten Baronets verstand seine symbolische Bedeutung. Als sie am nächsten Tag nach Haddock Hall zurückkehrte – die Reise war von ihrem trunkenen Mann unbemerkt geblieben –, versteckte sie den Löffel in einem Wäscheschrank. Dort blieb er bis zu Archies und Marys Hochzeit. Als sie dem Brautpaar ihr Geschenk übergab, erzählte sie von ihrer Reise nach Essex.

»Olli«, so nannte sie ihren verstorbenen Mann, »war kein schlechter Mensch, er war ... er war nur ein Spieler. Er hat nicht verstanden, was Haddock Hall bedeutet. Aber du, Archie, du verstehst es.« Und dann wandte sie sich an Mary. »Und sollte er es vergessen, dann musst du ihn an seine Pflichten erinnern. Dann musst du alles tun, um Haddock Hall zu bewahren.«

Mary nickte.

»Alles«, setzte Willow nach.

Archie war noch ein Kind, als er sein Erbe antrat. Willow fungierte als Vormund, bis er volljährig war. Aber schon als kleiner Junge erklärte Willow ihm, warum sie welche Entscheidungen traf. Ließ ihn an Besprechungen mit Buchhaltern und Pächtern teilhaben. Sie engagierte die besten Lehrer für ihren Sohn. Und jeden Tag ließ sie zwei Pferde satteln und ritt mit Archie über die Ländereien, die zu dem Anwesen gehörten.

Kurz nachdem er volljährig wurde, heiratete Archie Mary. Und schon bald kam George zur Welt und drei Jahre später Clay.

Archie überreichte seinem erstgeborenen Sohn den goldenen Löffel am Morgen der Hochzeit.

»Jeder Einzelne von uns trägt zum Bestehen von Haddock Hall bei, Brüder, Frauen, Kinder, unser Personal und die Pächter. Aber die Verantwortung wirst du tragen, George. Du wirst der Kapitän sein, bis zu deinem Tod. Handle weise, sei gütig. Dein Vorfahre Robert, mein Urgroßvater, hat das hier erschaffen. Eine eigene Welt. Unsere Welt. Erhalte sie.«

Clay lauschte an der Tür, während sein Vater in der Bibliothek mit seinem Bruder sprach. Er war erleichtert, dass er nicht die Verantwortung für Haddock Hall tragen würde. Was ihn störte, war, dass er eine Randfigur in der Geschichte sein sollte. Dass Brüder im gleichen Atemzug wie das Personal genannt wurden. Er würde seine eigene Welt erschaffen, in der er die Hauptfigur war. Ein Leben – unabhängig von Haddock Hall. So wie Robert, der Ahne, der den Löffel hatte anfertigen lassen. Seine Nachfahren wurden mit dem goldenen Löffel geboren, sie waren nicht mehr als Verwalter. Clay wusste nicht, was er erschaffen wollte, sicher kein zweites Haddock Hall. Seine Gedanken überschlugen sich, dann hielt er inne. Gar nichts wollte er erschaffen, er wollte sich amüsieren. Die Hauptfigur in einer wunderbaren Komödie sein. Ja. Einer Abenteuergeschichte. Einer komödiantischen Abenteuergeschichte. Wenn es zu ernst würde, zu gefährlich, folgte ein Lacher.

7
Brüder

1903. Ein stürmischer Märztag. Niemand wusste, dass Lilian in dieser Nacht zwei Söhne zur Welt bringen würde. Archie, George und Clay saßen im Salon. Sie tranken Whiskey.

Ihre Schwiegermutter Mary und Anne, die vor einer Woche angereist war, um ihrer Freundin zur Seite zu stehen, waren bei Lilian. Zusammen mit Dr. Fincher und einer Krankenschwester. Seit mehreren Stunden lag Lilian in den Wehen.

George hoffte auf einen Sohn. Einen Erben. Natürlich würde er sich auch über eine Tochter freuen. Sie waren jung und konnten noch ein ganze Schar Kinder zeugen. Er dachte, die Geburt würde schneller gehen. Wie lange saßen sie schon hier? Sollte er hochgehen und nachschauen, ob alles in Ordnung war?

Clay betrachtete seinen Bruder, sah die Nervosität in Georges Gesicht. Und zu Clays eigener Verwunderung war auch er nervös. Es war die Zeit, die voranschreitende Zeit, eine neue Generation rückte nach. Wenn er auf dem Friedhof von Haddock Hall stand, konnte er das Ende belächeln. Dann schien ihm das menschliche Dasein absurd. Regeln, Traditionen, Anstand und Vorsicht. Alle Ernsthaftigkeit – wofür? Amüsieren sollte man sich, mehr nicht. Leicht durch das Leben rauschen.

Aber jetzt hier, mit einem Glas Whiskey in der Hand, tat der Gedanke an die Vergänglichkeit geradezu weh. Er trank einen Schluck, noch einen, leerte sein Glas.

Der Butler schenkte ihm nach.

»Lloyd, ich wusste gar nicht, dass Sie hier sind«, sagte Clay.

Der Butler lächelte.

»Lloyd, schenken Sie sich doch bitte auch ein Glas ein und setzen Sie sich zu uns«, sagte Archie.

»Sir, ich …«, stammelte Lloyd. Er hasste es, wenn die Herrschaften ihn dazu aufforderten, die Regeln zu brechen. Es brachte ihn in eine prekäre Lage, denn er konnte dem Baronet schlecht widersprechen, aber es gehörte sich einfach nicht, mit ihnen zusammenzusitzen und zu trinken.

In diesem Moment kam der Arzt ins Zimmer. Sein Erscheinen rettete den Butler aus seiner Verlegenheit.

»Gratulation«, sagte Dr. Fincher. »Sie haben zwei gesunde Söhne, Sir. Und Lady Haddock geht es ausgezeichnet.«

George sprang auf. »Zwei?«

»Zwei?«, fragten Clay und Archie gleichzeitig.

»Zwillinge«, erklärte der Arzt.

Die drei Männer folgten Dr. Fincher nach oben. Lilian saß aufrecht in ihrem Bett, hielt eines der Babys im Arm. Die Krankenschwester wiegte den anderen Jungen.

»Welcher ist Edmund?«, fragte George.

Schon vor Wochen hatten sie sich für diesen Namen entschieden. Edmund, falls es eine Junge wird, und Susanne, falls es ein Mädchen sein sollte. Edmund bedeutet »Beschützer des Erbes«.

Lilian deutete zur Krankenschwester. »Und das hier«, sagte sie und küsste das Baby, das sie hielt, auf die Stirn, »ist Wilson.«

George nickte, schenkte seinem Zweitgeborenen ein Lächeln und trat auf die Krankenschwester zu. Sie überreichte George seinen Sohn. Seinen Erben.

»Der vierte Baronet von Haddock Hall«, sagte Clay und deutete auf Archie, »der baldige fünfte Baronet«, er deutete auf George, »und der zukünftige sechste«, er deutete auf Baby-Edmund. Clay lachte. »Und dann sind da noch Wilson und ich.«

»Nicht zu vergessen die anwesenden Frauen«, sagte Anne, die auf einem Stuhl neben Lilians Bett saß.

»Jetzt sollten wir der Mutter und den Kindern ein wenig Ruhe gönnen«, sagte Mary. »Nicht wahr, Dr. Fincher?«

Alle bis auf Anne verließen das Zimmer. Die

Krankenschwester bettete die Babys in eine Krippe, sie war zum Glück groß genug für zwei Säuglinge.

»Rufen Sie mich, wenn Sie etwas brauchen«, sagte sie und verschwand.

Anne hielt Lilians Hand. »Puh. Zwillinge.«

»Sie sind wunderbar, beide«, sagte Lilian. »Edmund und Wilson.«

»Warum der Name Wilson?«, fragte Anne.

»Ich kenne niemanden, der so heißt.«

Anne nickte. »Ich auch nicht.«

»Siehst du, also gehört der Namen ganz allein ihm. Zumindest in unserer kleinen Welt.«

»Klein?«, sagte Anne und lachte.

»Du weißt, was ich meine«, sagte Lilian.

8

Galopp

Archies und Marys Leidenschaft war die Stanhope-Kutsche. Eine Sonderanfertigung, die einen zweiten Sitz für Mary bot. Im Galopp rasten sie über die Ländereien von Haddock Hall. Archie hielt die Zügel in der Hand, während Mary sich an ihren Sitz klammerte. Beide jauchzten vor Freude, wenn der Wind ihre Hüte wegfegte und die Kutsche ruckelte. Sie waren frisch verheiratet, als sie die erste Fahrt in dem damals neuen Stanhope antraten. Der Fahrstil des ansonsten besonnenen vierten Baronets war geradezu waghalsig.

Hunderte solcher Ausflüge hatten die beiden unternommen. Die Kinder der Pächter freuten sich, wenn sie sie vorbeigaloppieren sahen. Mary winkte ihnen zu, rief ihre Namen. Einmal hatte sich ein Rad gelöst, ein anderes Mal waren die Zügel gerissen und das Pferd durchgegangen, zweimal war die Kutsche umgekippt. Nie hatten Mary und Archie mehr als ein paar Schrammen davongetragen. Fast stolz erzählten sie von ihren Unfällen. Sahen sich an und lachten, während ihre Zuhörer sie zur Vorsicht mahnten.

Im Juni 1906 brach die Achse der Stanhope im vollen Galopp. Einer der Pächter war Zeuge des Geschehens. Arthur flog im hohen Bogen aus dem Gefährt, er landete mit dem Hinterkopf auf einem Stein und war sofort tot. Mary wurde unter der Kutsche begraben. Als der Pächter die Unfallstelle erreichte, lebte Mary noch. Nicht lange, Minuten. Beide Lungenflügel waren zerquetscht. Sie sagte: »Ach, Archie«, und dann starb auch sie.

Viele Menschen kamen zur Beerdigung. Alle empfanden aufrichtige Trauer. Familie, Freunde, Personal, Pächter. Zwischen leisem Schluchzen hörte man den einen Satz in verschiedenen Variationen: »Wenigstens waren sie zusammen.«

Und der Priester sagte: »Gott ist Liebe, und wer in der Liebe bleibt, der bleibt in Gott und Gott in ihm.«

Am nächsten Tag trat George offiziell sein Erbe an. Er zog in das Zimmer seines Vaters und Lilian in Marys. Die beiden Schlafzimmer, die mit einer Tür verbunden waren.

Der fünfte Baronet stattete den Pächtern einen Besuch ab. Versicherte ihnen, dass alles so bleiben würde, wie es war. Und falls sich etwas ändern sollte, dann zum Besseren.

Es war Lilian, die eine erste Neuerung vornahm: eine Schule für die Kinder der Pächter und der Arbeiter auf dem Anwesen von Haddock Hall.

Die Dorfschule war einen langen Fußmarsch – fast anderthalb Stunden – entfernt. Oft verpassten die Kinder den Unterricht, da ihre Eltern sie nicht so lange entbehren konnten. Und die Schulpflicht galt nur vom fünften bis zum dreizehnten Lebensjahr. Lilian wollte auch den älteren Kindern die Möglichkeit geben, zu lernen. Das Schulhaus befand sich ganz in der Nähe der Cottages der Pächterfamilien. Es war ein einfaches Gebäude. Zwei Räume. Der große diente als Klassenzimmer, in dem kleineren richtete Lilian eine Bibliothek ein. George ließ seine Frau gewähren, obwohl er der Sache skeptisch gegenüberstand.

»Sie werden alle nach Größerem streben, wenn sie zu viel wissen. Wer wird dann unsere Ländereien bewirtschaften?«

Und dann waren da die zusätzlichen Kosten: Der Lehrer musste bezahlt werden, das Schulhaus im Winter geheizt. Aber Lilian setzte sich durch. Edmund und ich waren ein wenig neidisch. Wir hatten kein Schulhaus, wir wurden so wie alle Haddocks vor uns von Privatlehrern unterrichtet.

Auch das Weihnachtsfest für die Kinder der Pächter rief sie ins Leben. Dafür fiel der alljährliche Sommerball bescheidener aus.

Archie und Mary hatte man respektiert, Lilian wurde geliebt. Sie war wie die Sonne, und in ihrem Licht, in ihrer Wärme erstrahlte auch George.

Ich hatte immer das Gefühl, meine Mutter sehr gut zu kennen und meinen Vater überhaupt nicht. Wenn Lilian nicht in seiner Nähe war, wirkte er ernst und in sich gekehrt. Sobald sie auftauchte, erwachte er zum Leben. Seine Mundwinkel schnellten nach oben.

Uns Kinder betrachtete er anfangs mit einer distanzierten Neugier. Wie zwei mit Erde und unbekannten Samen gefüllte Tontöpfe, über die niemand wusste, was dort wachsen würde. Ein paarmal am Tag schaute er nach, ob schon etwas zu sehen war.

Wir hatten eine Nanny, Miss Ivy, sie war alt und roch seltsam. Wenn wir weinten, sang sie traurige Volkslieder. »Down by the Sally Gardens«, »The Water is Wide«, »The Death of Queen Jane«, »Greensleeves«. Ihre Stimme war mädchenhaft, stand im Kontrast zu ihren faltigen, hängenden Wangen.

Als wir älter waren, an dem Tisch in unserem Kinderzimmer saßen und Bilder malten, schlief sie oft ein. Wir legten unsere Stifte nieder und betrachteten die laut schnarchende Miss Ivy. Schnitten Grimassen und lachten.

Unsere Mutter verbrachte viel Zeit mit uns, mehr als die meisten Mütter in ihrer Stellung. Aber sie hatte auch andere Verpflichtungen. Sie kümmerte sich um das Schulhaus, das Personal, um Gäste. Was für unseren Vater galt, galt genauso für uns: In Lilians Gegenwart wurden wir lebendiger.

9
Alles

Und dann wuchsen wir, Edmund und ich. Der fünfte Baronet sah, was er gesät hatte. Er war zufrieden. Der erstgeborene Edmund, der Beschützer des Erbes, war ernster, männlicher, weltlicher als ich. Schon als Kind. Er war aus festem Stoff gemacht. Ich war zwar größer als Edmund, aber schmächtig, verträumt, nicht ehrgeizig, nicht mutig. Gott war gerecht, er hatte den Besseren zuerst auf die Welt kommen lassen.

Wenn unser Vater mit uns redete, sah er fast immer nur Edmund an. Ich hätte genauso gut nicht da sein können. Es stimmte mich traurig, bis ich etwa acht Jahre alt war. Edmund besuchte mit unserem Vater einen der Pächter von Haddock Hall, um über die Anschaffung einer neuen Dreschmaschine zu sprechen. Unser Vater nahm ihn oft zu solchen Besprechungen mit. »Früh übt sich«, sagte er.

An diesem Tag war ich allein mit der schlafenden Miss Ivy im Kinderzimmer. Ihr Mund war halb geöffnet. Das Schnarchen hatte keinen Rhythmus. Die Unregelmäßigkeit forderte meine ganze Aufmerksamkeit. Hätten die Laute eine Melodie gehabt, hätte ich sie ausblenden können. Aber so wartete ich auf das nächste Röcheln.

Dann ging die Tür auf, und ich dachte – ich hoffte –, es wäre meine Mutter, aber es war Onkel Clay, der noch immer auf Haddock Hall wohnte.

»Komm«, sagte er leise, um Miss Ivy nicht zu wecken.

»Ich?«, fragte ich erstaunt.

»Ja, du, Wilson. Wer sonst?«

Ich stand auf, ging auf ihn zu. Clay nahm meine Hand. Wir eilten den Flur entlang, die Treppe hinunter. Aus der Haustür hinaus.

»Wohin gehen wir?«, fragte ich.

»Wir machen einen Ausflug.«

Wir steuerten die Stallungen an. Moorland, ein dunkelbrauner Hengst, war gesattelt. Clay hob mich hoch und setzte mich auf das Pferd. Ich zitterte. Ich hatte Angst vor Pferden. Vor allen Pferden, aber besonders vor Moorland. Moorland war Clays Pferd. Unser Vater behauptete oft, dass Clay nur der bessere Reiter wäre, weil er die besseren Pferde hätte. Er sagte es in einem scherzhaften Ton, in dem ein Hauch Eifersucht zu hören war.

Clay schwang sich hinter mich auf den Sattel. Er ergriff die Zügel mit einer Hand, schlang den anderen Arm um mich.

»Ich pass auf, dass du nicht runterfällst«, sagte

Clay. »Hab keine Angst. Das spürt der gute Moorland, und das mag er nicht.«

Ich wollte meinen Onkel fragen, wie man das macht, keine Angst haben. Aber ich nickte einfach.

Wir ritten zum Teich. Es war ein warmer Sommertag. Grillen zirpten, Frösche quakten. Eine leichte Brise wehte.

»Ich verrate dir ein Geheimnis«, sagte Clay. »Du denkst vielleicht, Edmund hat Glück, weil er einmal der sechste Baronet sein wird. Weil euer Vater ihm alle Aufmerksamkeit schenkt. Aber das stimmt nicht. Es ist ein viel größeres Glück, der Zweite zu sein. Du bist frei. Du kannst werden und sein, was du willst, wer du willst.«

»Ich … ich weiß nicht, was ich sein will …«, sagte ich.

»Musst du auch nicht.«

»Was bist du?«, fragte ich.

»Ich?«, er lachte. »Ich werde nach Afrika gehen, und dann schauen wir, was aus mir wird.«

»Afrika? Das ist weit weg.«

»Ja. Ein Abenteuer. Als Zweiter darf man Abenteuer erleben.«

»Ich will nicht nach Afrika«, sagte ich.

»Musst du auch nicht. Aber du darfst. Du kannst. Alles … alles ist möglich.«

Ich begriff nicht vollends, was mein Onkel mir sagte, aber die Worte *Alles ist möglich* fühlten sich gewaltig an. Wie das Auspacken von Weihnachtsgeschenken. Der Moment, bevor man weiß, was in dem Päckchen ist.

»Ich … ich kann aber auch für immer hierbleiben?«, fragte ich.

»Klar«, sagte Clay. »Alles ist alles.«

»Alles ist alles«, echote ich.

Clay lachte, und ich stimmte in sein Lachen ein. Vergaß meine Angst vor Moorland. So wollte ich mich immer fühlen, wie in diesem Moment.

Als Edmund und ich in dieser Nacht in unseren Betten lagen, aus dem Nachbarzimmer war Miss Ivys Schnarchen zu hören, wollte ich ihm von meinem Ausflug erzählen. Von dem Gefühl, das keinen Namen hatte.

Ich liebte meinen Bruder sehr, ja ich bewunderte ihn. Nie schien ihn etwas zu überfordern. Er war selbstsicher. Zögerte nicht, wenn uns der Lehrer eine Aufgabe stellte oder als wir das erste Mal Cricket spielten oder reiten lernten. Er war kein Überflieger, aber er schien nie zu zweifeln. Während jede neue Aufgabe meinen Herzschlag beschleunigte und mir das potenzielle Scheitern allzu bewusst war.

»Edmund«, flüsterte ich.

»Ja?«

»Ich bin heute mit Onkel Clay ausgeritten. Auf Moorland.«

»Du hast Moorland geritten?«, fragte er erstaunt, denn er wusste, dass ich Angst vor ihm hatte.

»Mit Clay zusammen«, sagte ich. »Und er … er geht nach Afrika.«

»Wer?«

»Onkel Clay. Und ich … ich kann auch gehen, wenn ich will. Weißt du?«

»Du willst nach Afrika?«

»Nein, aber ich kann. Ich kann alles … alles sein.«

»Aha«, sagte Edmund wenig beeindruckt.

Ich fand nicht die richtigen Worte, um dieses Gefühl, dieses großartige Gefühl zu beschreiben, und sagte einfach: »Ich hatte am Ende gar keine Angst vor Moorland.«

»Ich hatte noch nie Angst vor Moorland.«

»Ich weiß«, sagte ich, »du hast vor nichts Angst.«

Edmund überlegte kurz. »Stimmt.«

10

Ein silbernes Messer

Ein Jahr nach unserem Ausritt ging Clay tatsächlich, fuhr mit dem Schiff von Southampton nach Ostafrika. Einer seiner Freunde, Ian Cherleton, war Großwildjäger und besaß ein riesiges Stück Land. Seine Zuckerrohrplantage sollte Clays erste Anlaufstelle sein.

Wir nahmen bei einem letzten Familiendinner Abschied von Clay. Edmund und ich aßen nur selten mit unseren Eltern. Oft waren Gäste da, oder sie waren eingeladen. Wir aßen normalerweise mit Miss Ivy im Frühstücksraum zu Abend. Für das Abschiedsdinner steckte sie uns in dunkle Anzüge, Dreiteiler mit Fliege. Sie kämmte unsere Haare, bis sie glänzten und die Kopfhaut wehtat, schrubbte unsere Hände und geleitete uns in das Esszimmer.

Clay lachte, als wir eintraten. »Sehr hübsch, Jungs«, sagte er. Weder er noch Vater trugen Fliege.

Wir waren zu sechst. Unsere Eltern, Edmund, ich und Anne. Die Suppe wurde serviert.

»Clay«, sagte Lilian, »du kannst jederzeit zurück-

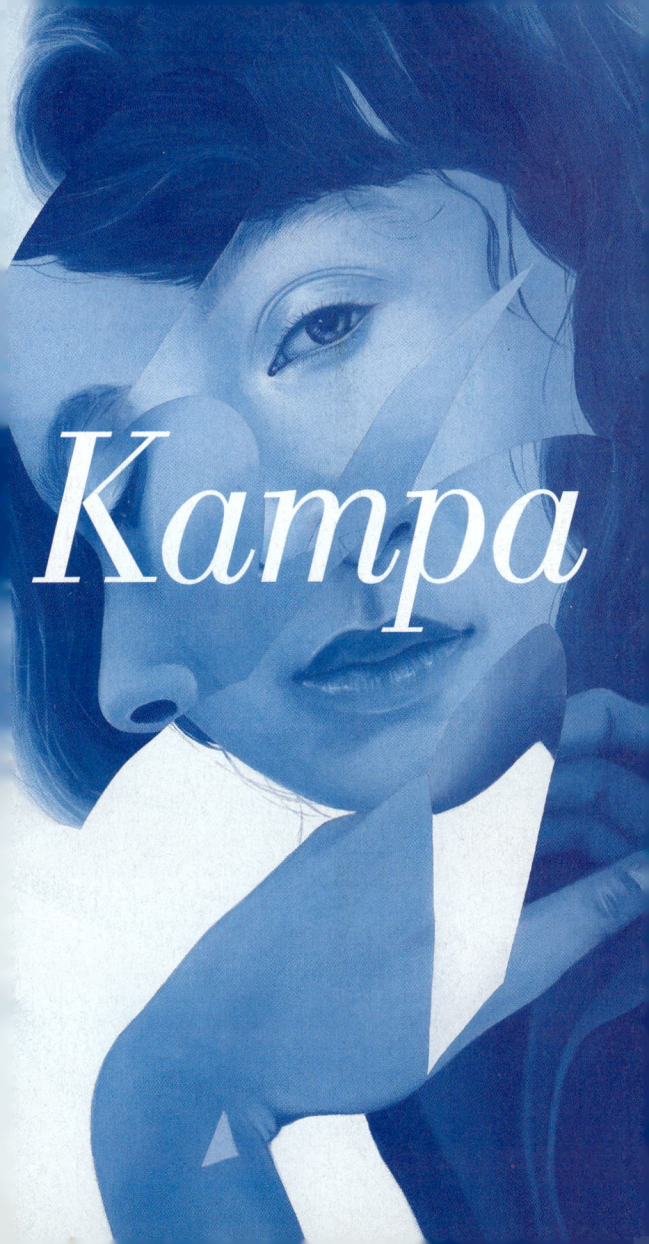

Deborah Levy

192 Seiten | Gebunden
ca. € (D) 22,– | sFr 30,– | € (A) 22,70
ISBN 978 3 311 10142 0

Eine Villa in Südfrankreich, schräge Feriengäste und verkorkste Beziehungen. Ein flirrender Sommerroman, in dem manches ans gleißende Licht kommt, das besser verborgen geblieben wäre.

176 Seiten | Taschenbuch
ca. € (D) 14,– | sFr 20,– | € (A) 14,40
ISBN 978 3 311 15108 1

»Man liest diesen Roman mit wachsender Zuneigung und wachsendem Staunen. *Augustblau* ist wie der zweite Name seiner Hauptfigur: ein *miracle*, ein Wunder. Jede seiner Seiten ist ein Kunstwerk.« *Daniel Schreiber*

Olga Tokarczuk

LITERATUR-NOBELPREIS

304 Seiten | Gebunden
ca. € (D) 25,– | sFr 34,– | € (A) 25,70
ISBN 978 3 311 10139 0

Breslau 1908: Eine Form des Wahnsinns? Eine Gabe? Alles Unfug? Als Erna Eltzner mit den Seelen der Verstorbenen in Kontakt tritt, ist im Leben des fünfzehnjährigen Mädchens nichts mehr, wie es war.

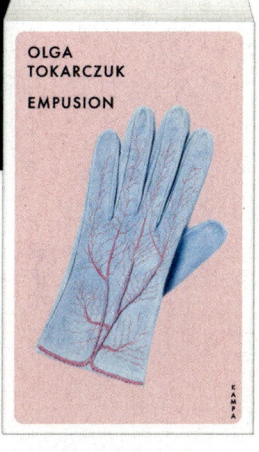

384 Seiten | Taschenbuch
ca. € (D) 16,– | sFr 22,– | € (A) 16,50
ISBN 978 3 311 15097 8

Olga Tokarczuks erster Roman nach dem Nobelpreis, angesiedelt in einem Sanatorium in Niederschlesien, 1913. Ein feministischer Schauerroman und eine hintersinnige Replik auf Thomas Manns *Zauberberg*.

Anne Freytag

Helene ist siebenundvierzig, Mutter zweier Teenager, attraktiv und beruflich so erfolgreich, dass sie ihren Mann Georg in den Schatten stellt. Einer der Gründe, weshalb er Helene nach fast zwanzig Ehejahren für eine andere sitzen lässt. Zwar lag zuvor schon vieles im Argen, aber die Trennung zieht Helene dennoch den Boden unter den Füßen weg. Wer ist sie, die immer getrieben war von dem Wunsch, anderen zu gefallen, wirklich? Die gute Tochter, die aufopferungsvolle Mutter, die erfolgreiche Karrierefrau? Plötzlich steht Helene vor der Aufgabe, herauszufinden, was sie eigentlich vom Leben will.

384 Seiten | Gebunden
€ (D) 24,– | sFr 33,– | € (A) 24,70
ISBN 978 3 311 10117 8

Lea Singer

304 Seiten | Gebunden
€ (D) 24,– | sFr 33,– | € (A) 24,70
ISBN 978 3 311 10050 8

ca. 256 Seiten | Taschenbuch
ca. € (D) 14,– | sFr 20,– | € (A) 14,40
ISBN 978 3 311 15096 1

Eine Frau, die Joseph Roth wie keine Zweite geliebt hat. Lea Singer erzählt die Geschichte von Andrea Manga Bell, die in kein Raster passte und deshalb umso mehr zu einem der größten Schriftsteller des 20. Jahrhunderts.

Caspar David Friedrich und Johann Wolfgang von Goethe: zwei Genies, zwei Epochen. Lea Singer erzählt von der Begegnung zweier Künstler, die einander fremd bleiben, obwohl sie die Größe des anderen erkennen.

Eva Ibbotson

LESE-VERGNÜGEN! ROMANE, DIE GLÜCKLICH MACHEN

336 Seiten | Gebunden
ca. € (D) 24,– | sFr 33,– | € (A) 24,70
ISBN 978 3 311 10141 3

464 Seiten | Gebunden
€ (D) 24,– | sFr 33,– | € (A) 24,70
ISBN 978 3 311 10137 6

Wien, die Kaiserstadt, 1911. Frau Susanna verzaubert nicht nur mit ihren ausgefallenen Modekreationen.

Es geht nicht um Liebe. Sie heiraten, um ihr Leben zu retten.

Eine lebenslange Liebe

Wenn eine Epoche zu Ende geht …

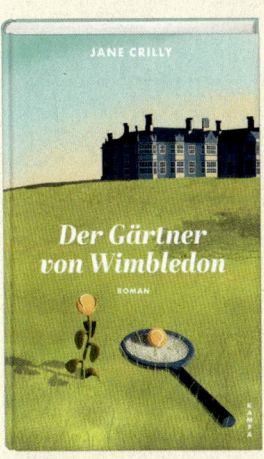

256 Seiten | Gebunden
€ (D) 22,– | sFr 30,– | € (A) 22,60
ISBN 978 3 311 10046 1

ca. 240 Seiten | Gebunden
ca. € (D) 22,– | sFr 30,– | € (A) 22,70
ISBN 978 3 311 10143 7

Über fünfzig Jahre hat er sich um den Rasen von Wimbledon gekümmert. Jetzt erzählt Henry Evans die Geschichte seines Lebens, die Geschichte seiner großen Liebe, die Geschichte von Rose. Im Großbritannien der dreißiger Jahre trennten die beiden Teenager Welten: Rose ist Tochter aus besserem Hause, Henry gehört zum Hauspersonal. Und doch führt das Leben sie zusammen, sie verlieben sich. Bis der Krieg sie schmerzlich trennt. Jane Crilly erzählt die berührende Geschichte einer Liebe, die in Wimbledon ihren Anfang nahm und einen Weltkrieg, ein ganzes Leben überdauerte.

England kurz nach dem Ersten Weltkrieg. Auf Haddock Hall ist nichts mehr, wie es war. Während andernorts die Männer im Krieg geblieben sind, fehlt nach Lilians Tod bei den Haddocks die geliebte Ehefrau und Mutter. Soll George, der fünfte Baronet, von nun an die beiden Söhne allein großziehen? Erst als Georges jüngerer Bruder aus Britisch-Ostafrika zurückkehrt, nimmt das Leben eine neue Wendung. Denn er kommt nicht allein. An seiner Seite ist Elise. Eine Frau voller Geheimnisse, die allen den Kopf verdreht. Die die Familie erst rettet und dann ihr Schicksal besiegelt.

William Boyd

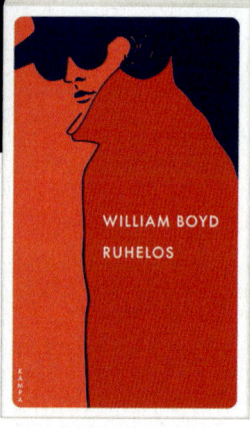

624 Seiten | Gebunden
€ (D) 28,– | sFr 38,– | € (A) 28,80
ISBN 978 3 311 10049 2

384 Seiten | Taschenbuch
€ (D) 14,– | sFr 20,– | € (A) 14,40
ISBN 978 3 311 15029 9

Soldat, Verbrecher, Schriftsteller, Vater, Liebhaber. William Boyd erzählt das Leben von Cashel Greville, Picaro und Tausendsassa. Eine augenzwinkernde Hommage auf die Romantik und ein Panorama des 19. Jahrhunderts.

William Boyds Weltbestseller: Eine Tochter erfährt, dass ihre betagte Mutter früher Spionin war und noch einen letzten Auftrag erledigen muss – aber nicht allein.

JJ Bola

ca. 352 Seiten | Gebunden
ca. € (D) 25,– | sFr 34,– | € (A) 25,70
ISBN 978 3 311 10140 6

336 Seiten | Taschenbuch
€ (D) 15,– | sFr 21,– | € (A) 15,40
ISBN 978 3 311 15088 6

Wenn man wie Jean aus dem Kongo geflüchtet ist und auf eine neue Schule kommt, ist es nicht leicht, sich einzufügen. Seine Eltern quälen noch ganz andere Sorgen. Wird es ihnen allen je gelingen, in London ein Zuhause zu finden?

»Ich habe gekündigt. Ich nehme mein ganzes Erspartes, und wenn es aufgebraucht ist, bringe ich mich um.« Michael Kabongo lässt sein Londoner Leben hinter sich. Auf Reisen begegnet er Menschen, die seine Schutzmauern durchbrechen.

Starke Schwarze Stimmen im Dialog

80 S. | ca. € (D) 19,– | sFr 27,– | € (A) 19,60
ISBN 978 3 311 10138 3

1953 berichtet Baldwin über seine Zeit in einem Schweizer Bergdorf. 2014 wandelt Teju Cole auf seinen Spuren.

Ein literarisches Kleinod

ca. 112 S. | ca. € (D) 22,– | sFr 30,– | € (A) 22,70
ISBN 978 3 311 10119 2

In der Abgeschiedenheit des toskanischen Waldes stellt sich der verwitwete Holzfäller seiner Trauer.

Als Pole unter Polen – in Buenos Aires

ca. 304 S. | ca. € (D) 26,– | sFr 35,– | € (A) 26,80
ISBN 978 3 311 10102 4

Während seiner Schiffsreise fallen die Deutschen in Polen ein, und der exilierte Schriftsteller taumelt durch die argentinische Hauptstadt.

Bibliophile Ausgabe mit 22 Illustrationen

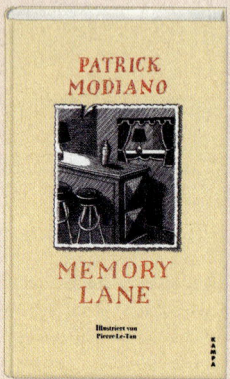

ca. 144 S. | ca. € (D) 23,– | sFr 32,– | € (A) 23,70
ISBN 978 3 311 10144 4

»Nirgends wird Paris so wehmütig, so schön und so französisch besungen wie bei Patrick Modiano.«
Alex Capus

Milan Kundera

ca. 336 S. | Gebunden mit Lesebändchen
ca. € (D) 26,– | sFr 35,– | € (A) 26,80
ISBN 978 3 311 10125 3

448 S. | Gebunden mit Lesebändchen
ca. € (D) 29,– | sFr 39,– | € (A) 29,90
ISBN 978 3 311 10124 6

Sie sind auf der Suche nach alten Liebesbriefen, aus unterschiedlichen Gründen: Dissident Mirek will seine kompromittierenden Briefe an eine hässliche Kommunistin vernichten. Und Tamina kämpft gegen das Vergessen.

»Optimismus ist das Opium der Menschheit! Es lebe Trotzki!« Der Text auf dieser Postkarte, eigentlich als Scherz gemeint, wird dem Studenten und kommunistischen Aktivisten Ludvik zum Verhängnis.

Als Kommodore in militärischer Mission

ca. 416 Seiten | Gebunden
ca. € (D) 28,– | sFr 38,– | € (A) 28,80
ISBN 978 3 311 10083 6

Das Befehligen einer Schiffsmannschaft wurde Kapitän Jack Aubrey in die Wiege gelegt; als Familienoberhaupt fühlt er sich weniger in seinem Element. Da kommt ein neuer Auftrag gerade recht.

Jack Aubrey sticht ins Südpolarmeer.

ca. 416 Seiten | Gebunden
ca. € (D) 28,– | sFr 38,– | € (A) 28,80
ISBN 978 3 311 10084 3

Eisberge, Stürme, eine geheimnisvolle Frau an Bord. Als die HMS Leopard in ein Unwetter gerät, das einige Matrosen das Leben kostet, muss Kapitän Aubrey sein ganzes Geschick aufbringen, um eine Meuterei zu verhindern.

**Alle 75 Maigret-Romane
endlich lieferbar**

Maigret

Mehr als Maigret:
17 große Romane von
Simenon sind lieferbar,
jetzt neu: *Die Katze*

ca. 192 Seiten | Gebunden mit SU
ca. € (D) 24,– | sFr 33,– | € (A) 24,70
ISBN 978 3 311 13408 4

»Der Kommissar der Kommissare.
Der Ermittler aller Ermittler. Der, in dem sich die
literarische Figur des Kommissars vollendet.«
Jean-Luc Bannalec

224 S. | € (D) 18,90 | sFr 26,90 | € (A) 19,40
ISBN 978 3 311 13062 8

256 S. | € (D) 18,90 | sFr 26,90 | € (A) 19,40
ISBN 978 3 311 13046 8

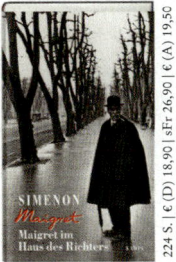
224 S. | € (D) 18,90 | sFr 26,90 | € (A) 19,50
ISBN 978 3 311 13021 5

»Maigret ist ein Mythos ... Simenon schreibt ein Drehbuch für den Film, der im Kopf des Lesers entsteht.«

CAY RADEMACHER

»Er schrieb in acht Tagen einen Maigret – nur acht Tage, und dann dieses Meisterwerk. Was für ein Genie.«

ALEXANDER OETKER

»Das mit den wenigen Worten, die eine so dichte Atmosphäre schaffen, ist wirklich so etwas wie sein Markenzeichen.«

KLÜPFEL UND KOBR

240 S. | € (D) 18,90 | sFr 26,90 | € (A) 19,40
ISBN 978 3 311 13051 4

224 S. | € (D) 16,90 | sFr 23,90 | € (A) 17,40
ISBN 978 3 311 13050 7

224 S. | € (D) 18,90 | sFr 26,90 | € (A) 19,40
ISBN 978 3 311 13075 8

»Kaum ein Autor hat mich und mein Schreiben mehr geprägt als Simenon ... Sein Kommissar Maigret fasziniert mich.«

KLAUS-PETER WOLF

»Maigret ist eine ganze Welt. Voller besonderer Geschichten, Orte, Stimmungen, Charaktere. Voller Leben.«

JEAN-LUC BANNALEC

»Simenon hätte die Serie um Maigret nicht besser beenden können.«

ANDREA MARIA SCHENKEL

Giles Blunt

Detective John Cardinal

Algonquin Bay, ein Nest in der Provinz Ontario im Südosten Kanadas. Hier lebt John Cardinal in einem bescheidenen Cottage mit einem Holzofen, Seeblick und verwinkelten Räumen. Im Winter ist die Kleinstadt ein unwirtlicher Ort. Die Eisdecke auf dem See hielte einem Güterzug stand, und allfällige Mordopfer gefrieren gleich an Ort und Stelle. Immerhin hat das Detective John Cardinal und seine Partnerin Lise Delorme darin geschult, selbst auf heißer Spur einen kühlen Kopf zu bewahren. In ihrem dritten Fall kommt endlich der Frühling, und mit ihm nicht nur die altbekannte Kriebelmückenplage, sondern auch neue Ermittlungen: Eine Frau mit feuerrotem Haar taucht in der ältesten Spelunke des Dorfes auf – mit einer Schusswunde im Kopf und völligem Gedächtnisverlust.

ca. 384 Seiten | Klappenbroschur
ca. € (D) 19,90 | sFr 27,90 | € (A) 20,50
ISBN 978 3 311 12084 1

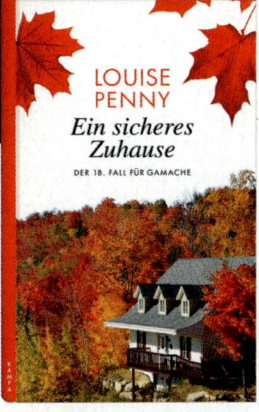

Louise Penny

Inspector Armand Gamache

400 Seiten | Klappenbroschur
€ (D) 17,90 | sFr 24,90 | € (A) 18,40
ISBN 978 3 311 12006 3

512 Seiten | Gebunden
ca. € (D) 23,90 | sFr 32,90 | € (A) 24,60
ISBN 978 3 311 12073 5

Am Erntedankfest wird die Leiche von Jane Neal gefunden – getötet durch einen Pfeil. Es kann sich nur um einen Jagdunfall handeln, denn wer hätte einen Grund gehabt, die pensionierte Lehrerin umzubringen?

Warum sind ein junger Mann und seine Schwester nach Three Pines zurückgekehrt? Vor Jahren ist ihre Mutter ermordet worden – es war der erste gemeinsame Fall von Armand Gamache und Jean-Guy Beauvoir.

Gamaches Fälle 1 bis 18 lieferbar

Krimis

Atemlos lesen

Krimiexpert*innen und ein Serienmörder

256 S. | € (D) 17,90 | sFr 24,90 | € (A) 18,40
ISBN 978 3 311 12074 2

Eine Mordserie versetzt Sardinien in Angst und Schrecken. Kann der Krimi-Club einer Buchhandlung helfen?

Ein skandalöser Mordprozess.

ca. 416 S. | ca. € (D) 19,90 | sFr 27,90 | € (A) 20,50
ISBN 978 3 311 12094 0

Für die Öffentlichkeit steht das Urteil fest – doch Dr. Kay Scarpetta kann die Unschuld des Angeklagten beweisen …

Ein brisanter nie aufgeklärter Fall

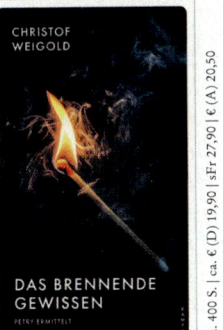

ca. 400 S. | ca. € (D) 19,90 | sFr 27,90 | € (A) 20,50
ISBN 978 3 311 12086 5

Eine ermordete Buchhändlerin und eine lang zurückliegende Brandstiftung. Fallanalytiker Felix Petry ermittelt.

Als Kommissarsanwärter an der Nordsee

ca. 304 S. | ca. € (D) 19,90 | sFr 27,90 | € (A) 20,50
ISBN 978 3 311 12576 1

Der junge Manz radelt auf dem Deich und knutscht am Nordseestrand. Die erste Ermittlung lässt nicht lange auf sich warten.

Ein Mord in der sowjetischen Besatzungszone.

ca. 304 S. | ca. € (D) 19,90 | sFr 27,90 | € (A) 20,50
ISBN 978 3 311 12577 8

1947. Im Schlosspark Schönhausen wird eine Leiche gefunden, und Kommissar Hans Adler ermittelt auf unsicherem Terrain.

Der Hotelinspektor in den Alpen

240 S. | ca. € (D) 17,90 | sFr 24,90 | € (A) 18,40
ISBN 978 3 311 12089 6

Ein Toter in der Seilbahn eines exklusiven Skiresorts. Der Hotelinspektor bewegt sich auf dünnem Eis.

Dana Stabenow
Kate Shugak

Kate Shugak war der Star des Ermittlungsteams der Staatsanwaltschaft von Anchorage, hielt den Rekord der meisten Verurteilungen. Dreimal hat das FBI versucht, sie abzuwerben, dreimal ist es gescheitert. Denn als Angehörige des indigenen Volkes der Aleuten ist Kate eng mit ihrer Heimat verbunden. Nachdem sie bei ihrem letzten Einsatz in Anchorage schwer verletzt wurde, zog sie sich zurück und lebt nun mit ihrer Hündin Mutt inmitten des Nationalparks. Doch so ganz kann sie das Ermitteln nicht lassen, erst recht nicht, wenn ein Verbrechen in nächster Nähe geschieht …

Neu

ca. 224 Seiten | Klappenbroschur
ca. € (D) 17,90 | sFr 24,90 | € (A) 18,40
ISBN 978 3 311 12091 9

Der neue Fall für Tom Thorne

400 S. | ca. € (D) 22,90 | sFr 31,90 | € (A) 23,60
ISBN 978 3 311 12085 8

Eine Serienmörderin treibt ihr Unwesen in fremden Betten. DI Tom Thorne heftet sich an ihre Fersen.

Ein raffiniert konstruierter Eisenbahnkrimi

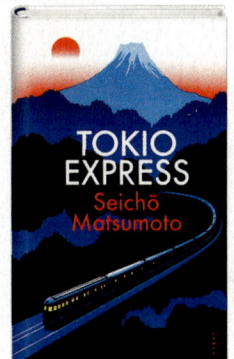

208 S. | ca. € (D) 22,– | sFr 30,– | € (A) 22,70
ISBN 978 3 311 12093 3

Wenn der Fahrplan zum Alibi wird: das Meisterwerk des »japanischen Simenon« (*Le Monde*, Paris).

»Pure Magie!«
Stephen King

ca. 416 S. | ca. € (D) 23,90 | sFr 32,90 | € (A) 24,60
ISBN 978 3 311 12575 4

Renée Ballard zurück beim LAPD – als Leiterin der neuen Einheit Offen-Ungelöst. An ihrer Seite: Harry Bosch.

Der Meister des Noir neu

288 S. | € (D) 24,– | sFr 33,– | € (A) 24,70
ISBN 978 3 311 12037 7

Eiskalte Martinis, messerscharfe Dialoge und das exzentrischste Ermittlerduo aller Zeiten.

Kampa Pocket

Zum Verlieben schön

Das perfekte Geschenk

»Gehört unter jedes Kopfkissen.« *Tilda Swinton*

176 S. | ca. € (D) 13,– | sFr 18,– | € (A) 13,30
ISBN 978 3 311 15105 0

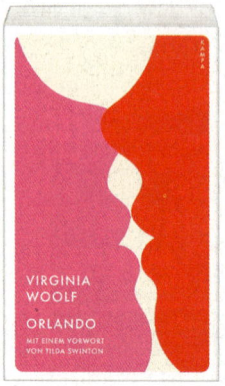

368 S. | € (D) 14,– | sFr 20,– | € (A) 14,40
ISBN 978 3 311 15041 1

Ohne Liebe ist ein Buch nur bedrucktes Papier. Die schönste Hommage auf das Lesen.

Ein Buch der radikalen Möglichkeiten: Mann und Frau, Vergangenheit und Zukunft. Ein Roman als einfühlsamer Liebesbrief.

Ein sehr besonderer Familienroman

400 S. | € (D) 14,– | sFr 20,– | € (A) 14,40
ISBN 978 3 311 15053 4

Louma hat vier Kinder von zwei Männern. Als sie stirbt, müssen die Kinder auseinander. Oder die Männer zusammen.

Stadt der Liebe – und der Literatur

336 S. | € (D) 14,– | sFr 20,– | € (A) 14,40
ISBN 978 3 311 15064 0

Paris 1925. Die junge Berlinerin Ann-Sophie von Schoeller landet zufällig in der Buchhandlung Shakespeare and Company.

Mit diesem Roman beginnt der Sommer.

320 S. | € (D) 13,– | sFr 18,– | € (A) 13,30
ISBN 978 3 311 15038 1

Zwei heranwachsende Mädchen in einem alten Hotel in der Champagne. Ein Sommer voller Leidenschaften und Geheimnisse.

Klar, unsentimental, berührend

128 S. | € (D) 12,– | sFr 17,– | € (A) 12,40
ISBN 978 3 311 15083 1

Über Liebe und Arbeit, die Freiheit und das Meer: Mari und Jonna in Helsinki, zwei Lebenskünstlerinnen zwischen Atelier und Schäreninsel.

Spannende Entspannung

Krimis, mit denen man es sich gemütlich machen kann

Louise Pennys Lieblingskrimi!

432 S. | ca. € (D) 15,– | sFr 21,– | € (A) 15,50
ISBN 978 3 311 15549 2

Ein Mädchen beschuldigt zwei Frauen der Entführung. Alle glauben ihr. Aber wie eindeutig sind die Beweise?

Ein Krimi für Bibliophile

228 S. | ca. € (D) 13,– | sFr 18,– | € (A) 13,30
ISBN 978 3 311 15550 8

Ein Bouquiniste wird tot aus der Seine geborgen, und seine Freundin ist von einem Verbrechen überzeugt.

Frau Helbing unter Seemännern

224 S. | ca. € (D) 13,– | sFr 18,– | € (A) 13,30
ISBN 978 3 311 15547 8

Frau Helbing trifft zufällig Fiete wieder, Kapitän und ein alter Freund ihres Mannes. Kurz darauf ist er verschwunden.

12 Fälle für Pater Brown

ca. 256 S. | ca. € (D) 13,– | sFr 18,– | € (A) 13,30
ISBN 978 3 311 15552 2

Mit seinem Menschenverstand, seinem Humor und viel göttlichem Beistand löst der schrullige Held jeden Fall.

»Agatha Christie lebt.« *Der Spiegel*

ca. 354 S. | ca. € (D) 14,– | sFr 20,– | € (A) 14,40
ISBN 978 3 311 15548 5

Eine grandiose Hommage auf den klassischen Whodunit. Herrlich unterhaltsam und sophisticated.

Eine Heldin mit Herz und Humor

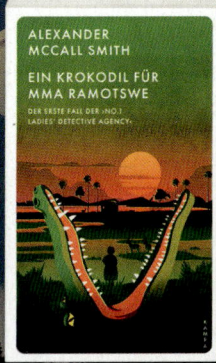

ca. 268 S. | ca. € (D) 13,– | sFr 18,– | € (A) 13,30
ISBN 978 3 311 15551 5

Ganz ohne Waffen oder Kampfkunst: Mma Ramotswe ist die beste Privatdetektivin Botswanas – und die einzige.

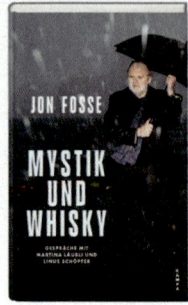  

ca. 144 S. | ca. € (D) 22,–
ca. sFr 30,– | ca. € (A) 22,70
ISBN 978 3 311 14049 8

384 S. | € (D) 25,–
sFr 34,– | € (A) 25,70
ISBN 978 3 311 14024 5

128 S. | € (D) 20,–
sFr 28,– | € (A) 20,60
ISBN 978 3 311 14039 9

Jon Fosse, Literaturnobelpreisträger 2023, beantwortet zum ersten Mal persönliche Fragen.

Zwölf bedeutende weibliche Stimmen der Weltliteratur – u. a. mit Joan Didion, Margaret Atwood und Elena Ferrante.

Die beste Einführung in Leben und Denken von Simone de Beauvoir, der Ikone der Frauenbewegung.

Kampa Salon

Der Ort für die vielseitigsten Gespräche

ca. 192 S. | ca. € (D) 24,–
ISBN 978 3 311 14052 8

ca. 272 S. | € (D) 26,–
ISBN 978 3 311 14050 4

ca. 192 S. | € (D) 24,–
ISBN 978 3 311 14051 1

320 S. | € (D) 24,–
ISBN 978 3 311 14002 3

160 S. | € (D) 22,–
ISBN 978 3 311 14036 8

160 S. | € (D) 20,–
ISBN 978 3 311 14001 6

256 S. | € (D) 26,–
ISBN 978 3 311 14030 6

216 S. | € (D) 20,–
ISBN 978 3 311 14006 1

184 S. | € (D) 22,–
ISBN 978 3 311 14005 4

Bildnachweis: U1: Florence Solis; S. 2: © Sheila Burnett; S. 3: © Trevor Leighton; S. 4: © Guy Yanai – Woman Sleeping Near the Sea; Fotografie: © Elad Sarig; S. 5: © Irène Zandel; S. 6: © Jessica Durrant; S. 8: © Łukasz Giza; S. 9: Tunde Somoye; S. 11: © ullstein bild - Roger-Viollet/Jean-Pierre Couderc; S. 12f + S. 18: László Brunszkó; S. 14: Emmanuel Galante / © Simenon.tm; S. 16: © Magdalena Russocka / Trevillion Images; S. 17: © Jean François Bérubé; S. 20: © iStock/Elizabeth M. Ruggiero; S. 22: © Olimpia Zagnoli; S. 24f: Rui Ricardo; S. 26: Jorge Luis Borges in Paris, 1978. © by Pepe Fernandez

Der berühmteste Fragebogen der Welt als literarisches Gästebuch zum Ausfüllen

Mit über 20 Musterantworten und 60 Seiten zum Ausfüllen

»Was ist Ihr größter Wunsch?«

»Welches Talent hätten Sie gern?«

»Wie möchten Sie sterben?«

»Was ist Ihr größtes Versäumnis?«

208 Seiten | Halbleinen
€ (D) 28,– | sFr 38,– | € (A) 28,80 | ISBN 978 3 311 25005 0

Den Proust-Fragebogen, seit über 100 Jahren ein beliebtes Gesellschaftsspiel, gibt es nun als elegantes Geschenk- oder Gästebuch. Ein Buch, das in jeden bibliophilen Haushalt gehört und ausgefüllt zu einem wunderbaren Erinnerungsstück wird.

www.kampaverlag.ch | www.oktopusverlag.ch
ISBN 978-3-311-80247-1 | © 2024 Kampa Verlag Zürich | Gestaltung: Lara Flues

kommen. Haddock Hall ist dein Zuhause. Das weißt du, ja?«

»Ich bin noch nicht mal fort, und wir reden schon über meine Rückkehr?« Er lachte. »Aber danke, Lilian, ich weiß das zu schätzen.«

»Ich verstehe noch immer nicht, was dein genauer Plan ist«, sagte George.

»Du verstehst alles richtig. Es gibt keinen genauen Plan«, sagte Clay.

»Ein Abenteuer«, sagte Anne.

Clay sah Anne an und nickte. »Genau.«

George schüttelte schweigend den Kopf.

»Wir werden dich vermissen«, sagte Lilian. »Wir werden dich schrecklich vermissen.«

»Ja«, sagte ich.

Nach dem Dessert stand Clay auf. Sein Blick wanderte von einem zum anderen. Er erhob sein Glas.

»Ich habe für jeden von euch ein Geschenk. Damit ihr mich nicht vergesst. George, mein Bruder. Dein Geschenk konnte ich nicht ins Haus bringen. Ich schenke dir Moorland. Du sagst immer, ich sei nicht der bessere Reiter, sondern habe nur die besseren Pferde. Moorland ist das beste Pferd, das ich jemals hatte. Jetzt gehört er dir.«

Georges Augen wurden wässrig, er lächelte. »Danke. Danke, Clay.«

Dann sah Clay zur Tür. Lloyd, der Butler, kam

herein. Er hielt einen Karton in den Händen und trat neben Clay.

»Lilian, du hast ein Herz voller Liebe und Verständnis.« Er griff in den Karton. Ein winziger schwarzer Hund. Ein Mops. »Das ist Maddox, kleiner als seine Geschwister, niemand wollte ihn. Er braucht ein bisschen Liebe.« Clay reichte Lilian das Hündchen.

»Danke«, sagte sie. »Ich … ich wollte immer einen Mops. Meine Mutter hatte einen, als sie ein Mädchen war.«

»Ich weiß. Du hast es mir erzählt. Vor vielen Jahren«, sagte Clay.

Lilian streichelte Maddox.

»Wozu ist ein Mops gut?«, fragte George. »Zur Jagd sicher nicht.«

»Zum Lieben und zum Freuen, dazu ist er gut«, sagte Clay. Er wandte sich an Lloyd. »Der andere Karton, bitte.«

Der Butler verschwand einen Augenblick, kam dann mit einem zweiten Karton zurück. Ich hoffte, dass wir alle einen Hund bekommen würden.

Clay zog ein Kuvert aus dem Karton und überreichte es Anne. Sie öffnete den Umschlag.

»Eine Schiffsfahrkarte nach Ostafrika«, sagte Clay. »Undatiert. Gültig für fünf Jahre. Falls du dich auch nach einem Abenteuer sehnst.«

Anne strich mit ihren Fingern über das Papier. »Danke«, sagte sie.

Clay griff wieder in den Karton. Ein länglicher Gegenstand. Er überreichte ihn Edmund.

Edmund packte sein Geschenk aus. Ein säbelförmiges Messer. Der silberne Griff war graviert. *Haddock Hall.*

»Du kennst die Tradition des goldenen Löffels, den der Erstgeborene von seinem Vater zur Hochzeit bekommt?«

Edmund nickte.

»Du sollst eine neue Tradition einführen. Gib deinem Zweitgeborenen dieses Messer zu seiner Hochzeit. Und viele Generationen später werden deine Nachkommen ihren Kindern von dir erzählen. Von dem Baronet, der als Erster seinem Zweitgeborenen ein silbernes Messer zur Hochzeit schenkte.«

Edmund nickte ernst. »Danke, Onkel Clay.«

Dann holte er ein rechteckiges Päckchen aus dem Karton und überreichte es mir. Ich packte es aus. Das Papier riss. Ein Buch.

John Keats
Gedichte

»Du, Wilson, brauchst Worte. Um das, was da drinnen ist«, er tippte auf seine Brust, »auszudrücken.«

Ich versuchte, meine Enttäuschung zu verbergen. Hunde und Fahrkarten nach Afrika wurden verschenkt. Pferde und Messer. Und ich bekam ein Buch? Nur ein Buch.

»Danke«, sagte ich tonlos.

Ich wollte heulen. Ich hatte gedacht, dass Clay mich besonders gerne mochte. Dass er sich mir verbunden fühlte. Wir waren beide die Zweitgeborenen. Und jetzt gab er jedem ein großartiges Geschenk und mir ein Buch.

11

Monster

Anne löste ihre Fahrkarte nach Afrika nicht ein. Elf Monate nach Clays Abreise heiratete sie einen schottischen Laird. Finley MacDonald.

Ich hörte zufällig ein Gespräch meiner Eltern. Sie saßen in dem kleinen Salon, der eigentlich nicht klein war, sondern nur kleiner als der eigentliche Salon. Ich stand vor der angelehnten Tür. Miss Ivy war eingeschlafen, und Edmund und ich hatten uns gestritten. Ich war auf der Suche nach meiner Mutter, um mich trösten zu lassen. Und jetzt saß sie auf der Chaiselongue und weinte. Leise, aber ich konnte ihr Schluchzen hören, begleitet von Maddox' Wimmern. Der Mops, der nicht von Lilians Seite wich.

»Weine doch nicht.« Die Stimme meines Vaters. »Schottland ist … ist zumindest nicht Afrika. Ihr werdet euch sehen, euch besuchen. Lilian, wenn du willst, kannst du morgen fahren. Ich werde alles organisieren.«

Schluchzen. Hundewimmern.

»Danke, du bist ein guter Mann. Aber ich weine nicht deswegen. Nicht, weil sie weit weg ist.

Natürlich vermisse ich sie, aber ... Ihr letzter Brief, sie klingt unglücklich ... Sie klingt unendlich traurig. Meine Anne, sie ... *Ein Kompromiss, der meine Seele erstickt.* Das waren ihre Worte.«

»Welcher Kompromiss?«, fragte Vater.

»Anne wollte niemals heiraten. Ihr Vater hatte einige Kandidaten im Auge. Der Kompromiss war, einen Mann zu heiraten, den ihr Vater für nicht tauglich befindet.«

»Finley MacDonald ist reich, entfernter Adel, ein Schloss. Was hat Earl von Walden gegen ihn auszusetzen?«

»Earl von Walden nennt Finley einen Wilden. Einen Mann ohne Anstand.«

»Und Anne? Wie nennt sie ihn?«

»*Ich weiß nicht, ob er ein Monster oder ein Trottel ist. Ob ich ihn fürchten oder auslachen soll.* Das schreibt Anne.«

Ein plötzlicher Schmerz durchfuhr mein rechtes Ohr.

»Man lauscht nicht!« Lloyd, der Butler, stand hinter mir. Zog mich an meinem Ohr von der Tür weg.

Ich sah in an, murmelte eine Entschuldigung. Als er mich losließ, rannte ich davon. Die Treppe hinauf zurück ins Kinderzimmer.

Miss Ivy schnarchte, und mein Bruder saß mit verschränkten Armen auf einem Stuhl. Sein Blick war finster. Ich konnte mich schon nicht mehr erinnern, worüber wir uns gestritten hatten. Aber er schien noch immer wütend zu sein.

»Ich weiß ein Geheimnis«, sagte ich und hoffte, dass meine Worte ihn seinen Groll vergessen ließen.

Er schwieg. Zusammengepresste Lippen.

»Willst du es wissen?«

»Du musst dich erst entschuldigen«, sagte er und klang nicht wie ein Kind, sondern wie unser Vater.

Wofür?, wollte ich fragen. Wie gesagt, ich erinnerte mich nicht mehr an den Grund unseres Streits, wusste nur noch, dass Edmund gemein zu mir gewesen war. Trotzdem sagte ich: »Tut mir leid. Tut mir wirklich leid.«

Edmunds Gesichtszüge hellten sich auf. »Was ist das Geheimnis?«

»Anne ist mit einem Monster verheiratet.«

»Einem Monster? Ich dachte, sie hat einen Schotten geheiratet.«

»Ein schottisches Monster«, sagt ich. »Ein wildes schottisches Monster. Ich habe Mutter und Vater darüber sprechen hören. Und Anne hat Angst vor ihm.«

»Was für ein Monster?«, fragte Edmund.

»Ein Riese«, sagte ich. Sie hatten nicht erwähnt, dass er ein Riese sei, aber so stellte ich ihn mir vor. »Ein wilder Riese.«

»Es gibt keine Riesen.«

»Doch, ich schwöre es. Mama hat sogar geweint.«

»Er hat ein Schloss«, sagte Edmund. »Riesen haben keine Schlösser.«

»Es ist ein Schloss, aber es gibt kein Licht, keinen Kamin. Es ist dunkel und kalt. Und das Dach ist undicht. Wenn es regnet, wird alles nass.« Auch das hatte niemand erwähnt, aber so sah das Schloss eines wilden schottischen Riesen in meinen Gedanken aus. Und meine Worte schienen Edmund zu überzeugen.

»Warum hat sie ihn geheiratet?«

»Es war ein Kompromiss.« Ich wusste nicht, was ein Kompromiss war. Edmund auch nicht.

»Was ist das?«, fragte er.

Ich zuckte mit den Schultern. »Es kann deine Seele ersticken. Das hat Anne geschrieben.«

12
Niemals

Das Jahr, in dem Clay nach Afrika aufbrach, schien ein schlechtes Jahr für britische Eroberer und Abenteurer zu sein. Die Titanic sank. Robert Falcon Scott verlor das Rennen zum Südpol und sein Leben.

Wir warteten auf eine Nachricht von Clay. Ich versuchte mir Afrika vorzustellen. Eine Landschaft, ein Gefühl, einen Geruch. Die wenigen Bilder, die ich gesehen hatte, waren schwarz-weiß. In meiner Vorstellung hatte Afrika keine Farben.

Endlich erreichte uns ein Brief von Clay. Er war in Nairobi, lebte im Norfolk Hotel und bei Ian, der eine Zuckerrohrplantage besaß. Ians Haus war so englisch eingerichtet, dass man vergessen konnte, wo man war. Ein ständiges Kommen und Gehen von Gästen aus der alten Heimat. Clay nannte ein paar Namen, kurze Beschreibungen.

Vater löste seinen Blick von Clays Brief, sah Mutter an und sagte: »Ah ja, Roger. Er war zweimal in Haddock Hall, erinnerst du dich? Die Familie besitzt Immobilien in London und Bath.«

Lilian nickte. Edmund und ich drängten unseren Vater, weiterzulesen.

Clay hatte eine Jagderlaubnis, er war Großwildjäger. Er hatte zwei ausgezeichnete Pferde gekauft, und es hatte sich herausgestellt, dass er nicht nur ein guter Reiter, sondern ein ebenso guter Jäger war.

Afrika war mit nichts zu vergleichen. Er wünschte, wir könnten es mit unseren eigenen Augen sehen.

Mein Vater faltete das Papier zusammen. »Ihm geht es gut«, sagte er und lächelte.

»Wann kommt er zurück?«, fragte ich.

»Wahrscheinlich niemals.«

Die Worte klangen den ganzen Tag in meinem Ohr. *Wahrscheinlich niemals.*

Clay niemals wiederzusehen, konnte ich mir ebenso wenig vorstellen wie Afrika.

Als ich mit Edmund allein im Kinderzimmer unter der Aufsicht der schlafenden Miss Ivy war, fragte ich: »Kannst du glauben, dass wir Onkel Clay niemals wiedersehen?«

»Was meinst du?«

»Na ja, dass wir ihn niemals wiedersehen. Dass er nie … nie wieder hier sein wird. Dass wir … Dass du … dass du ihn nie wiedersiehst.«

»Ja, weil er in Afrika ist«, sagte Edmund.

Mein Bruder verstand mich nicht.

»Ich weiß, aber … aber kannst du es dir vorstellen?«

»Warum soll ich's mir vorstellen? Was soll ich mir vorstellen?«

Ich schaffte es nicht, Edmund die Ungeheuerlichkeit von *niemals* begreiflich zu machen.

Später an diesem Tag sprach ich mit meiner Mutter. Sie saß an dem Sekretär in dem kleinen Salon, schrieb einen Brief. Maddox lag auf ihrem Schoß.

»Wilson?« Sie sah mich an. Lächelte, wie nur sie lächeln konnte.

»Mama, kann ich dich etwas fragen?«

»Alles«, sagte sie, legte den Stift nieder, stand auf. Maddox auf ihrem Arm.

»Komm«, sagte sie, »setzen wir uns.«

Wir nahmen auf der Chaiselongue Platz. Ganz nah nebeneinander. Ich konnte die Wärme ihres Körpers spüren.

»Was möchtest du mich fragen?«

»Onkel Clay … Ich kann mir nicht vorstellen, ihn nie wiederzusehen. Ich … Er war hier … Manchmal war er weg, aber … er kam immer zurück. Und jetzt ist er weg. Und wir werden ihn niemals wiedersehen.«

Sie streichelte über meinen Kopf, der Mops knurrte leise. Er mochte es nicht, Lilians Aufmerksamkeit zu teilen. Wie gut ich ihn verstand.

»Du vermisst ihn?«, fragte sie.

»Ja … auch … aber. Wie kann man sich *niemals* vorstellen?«

Lilian dachte nach. Maddox und ich sahen sie an.

»Das ist schwer. Wahrscheinlich kann man es sich nicht vorstellen. Man gewöhnt sich daran. An die Abwesenheit eines geliebten Menschen. Tag für Tag. Es wird leichter. Und auch wenn jemand weg ist, verschwindet er nicht ganz, weil er in unseren Gedanken ist. Und was Onkel Clay betrifft: Wer weiß, vielleicht werden wir ihn wiedersehen. Er ist nicht aus der Welt.«

Ich nickte.

»Hilft dir das?«, fragte sie.

Wieder nickte ich, obwohl ich nicht sicher war, ob ich nun wusste, was ich wissen wollte.

»Gut«, sagte sie, »und jetzt muss ich meinen Brief zu Ende schreiben.«

»Schreibst du Onkel Clay?«

»Nein. Anne.«

Ich verließ das Zimmer. In der Eingangshalle traf ich auf Lloyd.

»Wilson«, sagt er in strengem Ton. Der Butler mochte es nicht, wenn wir Kinder im Haus umherwanderten. Es gehörte sich nicht. Kinder sollten in ihren Zimmern sein. Oder in Begleitung eines Erwachsenen. »Hast du dich verlaufen?«

»Nein. Ich war bei meiner Mutter. Lloyd, darf ich Sie etwas fragen?«

Er nickte.

Lloyd hörte zu, während ich ihm das Gleiche sagte wie meiner Mutter.

»Du solltest dich mit anderen Dingen beschäftigen«, sagte er. »Solche Gedanken führen zu nichts.«

»Aber ... ich ... ich *habe* solche Gedanken. Was soll ich denn machen? Sie sind einfach da, die Gedanken.«

»Stell sie ab.«

»Wie macht man das?«

Der Butler schüttelte den Kopf. »Wilson. Du stellst zu viele Fragen.«

»Denken Sie nie über so etwas nach?«

»Dafür habe ich keine Zeit.«

»Und wenn Sie abends im Bett liegen, worüber denken Sie dann nach?«

»Wenn ich im Bett liege, schlafe ich.«

13
Zwei Schüsse

Am Morgen des 28. Juni, es war ein Sonntag, postierten sich sieben junge Männer an verschiedenen Stellen zu beiden Ufern der Miljacka, des Flusses, der durch Sarajevo fließt. Sie warteten auf Erzherzog Franz Ferdinand.

Er und seine Frau fuhren in einer Kolonne von sechs offenen Wagen vom Westen der Stadt Richtung Osten zum Rathaus. Jubelnde Menschen standen am Straßenrand und grüßten den österreichisch-ungarischen Thronfolger.

Kurz nach 10 Uhr passierte die Kolonne den ersten Attentäter. Er unternahm nichts. Vielleicht hatte er Angst bekommen oder den richtigen Moment verpasst.

Der zweite Mann auf der Route, Nedeljko Čabrinović, warf eine Bombe in Richtung Autokolonne. Die Bombe verfehlte ihr Ziel – den Thronfolger –, verletzte aber den Adjutanten des bosnischen Landeschefs Oskar Potiorek, der in einem anderen Wagen saß.

Während der Adjutant in ein Militärspital gebracht

wurde, schluckte der Attentäter eine Zyankalikapsel und sprang in den Fluss. Das Zyankali war alt, wirkte nicht, der Fluss an dieser Stelle flach. Die Menge stürzte sich auf Nedeljko Čabrinović. Er wurde verhaftet.

Franz Ferdinand ordnete an, weiter Richtung Rathaus zu fahren. Dort beriet man, ob der Besuch des Thronfolgers fortgesetzt werden sollte. Oskar Potiorek, der Franz Ferdinand eingeladen hatte, versicherte, dass alles in Ordnung sei und er die Verantwortung für die Sicherheit des Thronfolgers übernehme.

Franz Ferdinand beschloss, die Route zu ändern, um den verletzten Adjutanten im Krankenhaus zu besuchen. Aber der Chauffeur des ersten Wagens wurde über die Änderung nicht informiert. So bog er, wie ursprünglich geplant, an der Lateinerbrücke in die Franz-Josef-Straße ein. Das zweite Automobil, in dem der Thronfolger und seine Frau saßen, folgte ihm. Als der Irrtum bemerkt wurde, stoppte die ganze Kolonne, und die Wagen wurden zum Kai zurückgeschoben. In dem Gewirr kam das Auto, in dem Franz Ferdinand saß, zum Stillstand, an dem Platz, an dem Gavrilo Princip sich aufhielt. Er, der siebte Attentäter, hatte seinen Plan bereits aufgegeben. Aber jetzt sah er seine Chance, rannte auf den Wagen zu, zog seine Pistole und feuerte aus kurzer Distanz zweimal auf den Thronfolger. Die erste Kugel traf die Herzogin, die zweite Franz Ferdinand.

Gavrilo Princip schluckte das Zyankali, das seine Wirkung verfehlte. Bevor er sich erschießen konnte, wurde er verhaftet.

Franz Ferdinand und seine Frau überlebten das Attentat nicht.

In Wien drängte man auf einen schnellen Vergeltungsschlag gegen Serbien. Und dann war Krieg, und die ganze Welt mischte mit.

Am 4. August um circa 23:20 Uhr wurde von der Downing Street ein Telegramm an die Befehlsstrukturen der britischen Armee geschickt.

War – Germany – Act!

Westfront, Ostfront, Italienfront, Balkanfront, Kolonialfront.

Wie ein Schatten legte sich der Krieg über Haddock Hall. Wenn Edmund und ich uns stritten oder zu sehr amüsierten, wurden wir von unserem Vater ermahnt. »Es ist Krieg.«

Wir sollten an die Soldaten denken, die für Großbritannien ihr Leben opferten, und uns zusammenreißen.

»Sie sind doch noch Kinder, George«, verteidigte uns unsere Mutter.

Am 19. Januar 1915 griffen zwei deutsche Zeppeline erstmals London an. Wir erfuhren von dem Angriff aus der Zeitung. Von da an blickte ich ständig in den Himmel.

Als die Wehrpflicht eingeführt wurde, verließen uns zwei Diener. Beide starben in Flandern. Die Pächter klagten über mangelnde Arbeitskräfte. Das Getreide, das auf den Ländereien von Haddock Hall angebaut wurde, war kriegswichtig. Es ernährte die Soldaten. Mein Vater nutzte seinen Einfluss, um zumindest einen Teil der Arbeiter zu behalten.

Junge Männer waren die Währung der Schlachten. Sie kämpften, verloren ihre Unschuld, ihren Verstand, ihre Arme, ihre Beine oder ihr Leben. Und ich, der Sohn des fünften Baronets von Haddock Hall, Bruder des zukünftigen sechsten Baronets, suchte am Horizont deutsche Luftschiffe, nicht aus Angst, sondern weil ich mir nichts Schöneres vorstellen konnte, als einen Zeppelin zu sehen.

14
Wieder Sommer

Am 11. November 1918 lautete die Schlagzeile des *Daily Mirror*: »*Democracy triumphs over last of the Autocrats.*« Die *Nottingham Evening Post* schrieb: »*Last shot fired at 11 a.m. To-Day.*«

Am 12. November schrieb die *Daily Mail*: »IT'S OVER.« Die Lettern fett gedruckt.

Als der Krieg begann, waren Edmund und ich Kinder, als er endete, waren wir fünfzehn. Unser Vater sagte, dass wir nun junge Männer seien.

Als wir dreizehn wurden, hatte Vater lange überlegt, ob er uns, seine Söhne, aufs Eton College schicken sollte, hatte es aber für besser befunden, uns weiterhin zu Hause unterrichten zu lassen. Er fand es wichtig, dass Edmund in Haddock Hall blieb. Lernte, was es bedeutete, das Anwesen zu sichern, was es bedeutete, Baronet von Haddock Hall zu sein.

Während des Kriegs hatten keine Sommerbälle stattgefunden. Aber im Juli 1919 entschieden wir, den Sommer zu feiern, den Sieg. Die Gästeliste war lang. Es war etwas anderes, einen Ball als Kind oder als Sechzehnjähriger zu besuchen. Wir wurden nicht nur in Latein, Naturwissenschaft, Mathematik und Literatur unterrichtet, sondern hatten auch tanzen gelernt. Walzer, Onestepp, Polka, Quadrille. Unsere Tanzpartner waren wir selbst, unser Lehrer Mr Fox und unsere Mutter gewesen.

Ich lag auf meinem Bett – Edmund und ich hatten mittlerweile unsere eigenen Zimmer – und dachte an den bevorstehenden Ball. Ich würde mit Mädchen, mit echten Mädchen tanzen. Mit jungen Damen. Ich fragte mich, ob man während des Tanzes Konversation betrieb. Und wenn ja, worüber?

Ich stand auf. Verließ mein Zimmer. Den Gang entlang. Zwei Türen weiter. Ich klopfte, öffnete, ohne auf eine Antwort zu warten.

Edmund saß an seinem Schreibtisch. Er las einen Zeitungsartikel über die Revolution in Ägypten, die weitestgehend von der britischen Regierung niedergestreckt wurde.

»Wie kann man nicht zum Empire gehören wollen?«, fragte er, ohne aufzublicken.

Ich nickte. Während ich über Mädchen nachdachte, dachte mein Bruder an Politik.

»Was gibt es?«, fragte er und sah mich an.

»Ich … Wenn man mit einem Mädchen tanzt … Spricht man, während man tanzt?«

Er legte seinen Kopf schief, betrachtete mich. »Ist das eine ernst gemeinte Frage?«

»Ja.«

»Du kannst dich unterhalten oder auch nicht.«

»Und worüber? Worüber unterhält man sich mit einem Mädchen beim Tanzen?«

»Über was du willst.«

»Zum Beispiel?«

»Das Fest, die Musik, die Leute, Haddock Hall, Pferde, das Wetter ... Mach ihr ein Kompliment.« Er lachte. »Du machst dir zu viele Gedanken über die falschen Dinge.« Und während er sich wieder über die Zeitung beugte, fragte er: »Noch was?«

»Nein.«

Eine Woche nach dem *Peace Day*, an dem England das Ende des Kriegs feierte, fand der Sommerball statt. Keine Kosten und Mühen wurden gescheut. Es war, als ob man die versäumten Bälle nachholen wollte. Zusätzliches Personal – achtzehn Diener, fünf Küchenhilfen, sechs Dienstmädchen – wurde angeheuert. Tage vorher wurde Haddock Hall auf Hochglanz geschrubbt. Gästezimmer hergerichtet, der Parkettboden im Garten eingelassen. Eine Bühne für das Orchester gebaut. Fleisch in Massen geliefert. Laternen und Pavillons wurden aufgestellt. Und wie immer delegierte unser Butler Lloyd, der mehr Energie als ein Heer junger Männer besaß. Mit tiefer, fester Stimme gab er Kommandos.

Ich stand im Garten, beaufsichtigte den Bau der Bühne – Lloyd hatte mich damit beauftragt –, als meine Mutter mit schnellen Schritten auf mich zugelaufen kam. Hinter ihr Maddox. Der schwarze Mops, der auf niemanden hörte außer auf sie. Dessen Liebe zu Lilian mit jedem Jahr zu wachsen schien.

»Anne kommt!«, rief sie. »Meine Anne kommt zum Sommerball!« Sie umarmte mich, Maddox knurrte.

Ich freute mich, dass ich Anne wiedersehen würde, aber mehr noch freute ich mich über die Glückseligkeit, die in den Augen meiner Mutter glänzte.

»Ich habe sie so lange nicht gesehen. So lange!«

Sie hielt meine Hände in ihren. Sah mich an. Maddox schmiegte sich an ihre Beine.

»Du warst noch ein Kind, als sie das letzte Mal hier war. Und jetzt … Ich kann gar nicht glauben, wie viel Zeit vergangen ist. Ach, ich freu mich so! Sie wird euch gar nicht wiedererkennen, dich und Edmund.«

Sie schüttelte lachend ihren Kopf. »Wo ist die Zeit hin? Wo geht sie nur hin? Wenn man sie doch nur festhalten könnte.« Und sie drückte meine Hände so fest, als ob sie mich nie wieder loslassen wollte. Als ob auch ich verschwinden könnte wie die Zeit.

Aber es war sie, die bald verschwinden würde. Rückblickend glaubte ich manchmal, dass sie in diesem Moment bereits wusste, dass ihre Tage gezählt waren.

Abrupt ließ sie mich los. »Wo ist Edmund? Ich will es ihm auch erzählen.«

Ich zuckte mit den Schultern. »Ich glaube, im Haus.«

Mutter lächelte, küsste mich auf die Stirn und lief davon. Der Rock ihres gelben Kleides wehte. Maddox holte sie ein, lief neben ihr. Und während er mit ihr Schritt hielt, sah er immer wieder zu ihr hoch.

15

Gute Ratschläge

Zu meiner Linken saß Edmund, zu meiner Rechten Janett, die Tochter eines Viscounts. Erdbeerblonde Haare, Stupsnase, hohe Stimme. Als Janett – sie sprach viel und schnell – einen Moment schwieg, flüsterte Edmund in mein Ohr: »Ein Riese. Erinnerst du dich? Du hast mir weismachen wollen, er sei ein Riese.« Er deutet auf Annes Mann.

Finley MacDonald. Untersetzt, rote Haaren, roter Bart. Er war einen ganzen Kopf kleiner als Anne. Selbst wenn er lachte, sah er wütend aus.

»Ich erinnere mich«, sagte ich. »Vielleicht ist er geschrumpft.«

Edmund lachte.

»Anne hat sich verändert«, sagte ich.

»Sie sieht genauso aus wie damals«, sagte Edmund.

»Ihre Augen … Es ist … Ich weiß nicht … Es ist, als ob das Licht ausgeschaltet wurde.«

Edmund zuckte mit den Schultern, und dann redete Janett wieder auf mich ein. Sie erzählte von der Hochzeit einer Cousine in Lancashire. Von einem Unfall, bei dem niemand verletzt, aber ein Kleid ruiniert worden war. Ich hörte kaum zu, sondern betrachtete Anne, die zwischen ihrem Mann und meiner Mutter saß.

Ich war zwar noch ein Kind gewesen, als Anne nach Schottland gegangen war, aber meine Erinnerungen an sie waren klar und stark. In Annes Augen hatte ein Feuer gebrannt. Ihr Körper war fest mit der Erde verwurzelt gewesen. Ihr Geist stets präsent, im Moment.

Anne »Bulldogge«. Furchtlos.

Jetzt wirkte sie traurig, abwesend. Als ob sie den Atem anhalten würde. Unsere Blicke trafen sich. Ich winkte vorsichtig, sodass nur sie meinen Gruß sehen konnte, und Anne winkte zurück.

Die ersten Tänze, Walzer, tanzte ich mit Janett. Sie redete ununterbrochen. Innerlich lachte ich über mich selbst. Wie viele Gedanken hatte ich mir über diesen Moment gemacht? Hin und wieder fragte Janett: »Das findest du doch auch, oder?« Und ich sagte Ja. Nickte.

Ich fand auch, dass London im Sommer nicht auszuhalten war und man ihn einfach in Bath verbringen musste.

Ich fand auch, dass Musicals – Janett hatte letztes Jahr *Going Up* gesehen – so viel unterhaltsamer als Opern waren.

Und ich nickte eifrig, als sie bemerkte, dass viele Damen mit ihren Hüten übertreiben würden. Was auch immer das bedeutete.

Als mir jemand nach dem zweiten Walzer auf die Schulter klopfte und um den nächsten Tanz mit Janett bat, verschwand ich schnell. Ich blickte mich nach einer neuen Tanzpartnerin um und sah eine Gestalt durch den Garten Richtung Allee gehen, erkannte Anne und folgte ihr.

»Anne«, rief ich, als ich sie fast eingeholt hatte.

Sie drehte sich um. »Wilson«, sagte sie, »was machst du hier?«

»Was machst *du* hier?«, gab ich zurück. Jetzt ging ich neben ihr.

»In Erinnerungen schwelgen«, sagte sie lachend.

»Was für Erinnerungen?«

»Ein Sommerball vor vielen, vielen Jahren. Deine Eltern haben sich an diesem Abend kennengelernt und beschlossen zu heiraten. Dein Onkel Clay und ich sind in den Teich gesprungen. Und dann die Hochzeit deiner Eltern. Clay hat mir auf dem Friedhof erklärt, wie sich das Ende der Liebe anfühlt, nein, des Verliebtseins. Er sagte, von Liebe wüsste er nichts. Und wir haben einander versprochen zusammenzuhalten, uns zu helfen …«

Wir standen jetzt am Ufer des Teichs.

»Brauchst du Hilfe?«, fragte ich.

»Einen guten Ratschlag könnte ich gebrauchen. Dein Onkel hatte immer gute Ratschläge.«

»Frag mich«, sagte ich, »vielleicht habe ich einen.«

Anne sah mich an. »Was macht man, wenn man sich verloren hat?«

Ich überlegte. Ich hatte keine Antwort. Keinen Ratschlag. »Ich … ich weiß nicht«, stammelte ich.

»Ich auch nicht«, sagte sie.

Aus der Ferne war das Orchester zu hören und die Menschenmenge, die sich amüsierte.

»Warum bist du nicht nach Afrika gegangen?«

Anne zuckte mit den Schultern. »Ich hätte gehen sollen.« Sie blickte in den Himmel, als ob da oben etwas zu finden wäre, Afrika oder sie selbst.

»Geh jetzt. Nimm das nächste Schiff.«

Sie schüttelte den Kopf. »Ich kann nicht. Nicht mehr.«

»Warum nicht?«

Anne zog ihre Schuhe aus. »Sollen wir unsere Füße ins Wasser halten?«

Es klang nicht wie eine Frage, sondern wie eine Bitte. Ich zog Schuhe und Socken aus. Wir setzten uns ans Ufer. Unsere nackten Füße zwischen Teichrosen.

»Schreibt Clay dir?«, fragte ich.

»Selten. Ich habe schon lange nichts mehr von ihm gehört. Aber Freunde haben mir gesagt, dass es ihm gut geht.«

»Um Clay muss man sich keine Sorgen machen«, sagte ich. »Wie … wie ist er?«

»Wer?«, fragte Anne.

»Finlay.«

»Schrecklich«, sagte sie.

»Wie schrecklich?«

»Sehr schrecklich. Er ist …«, sie suchte nach dem passenden Wort. »Böse. Ein böser Mensch. Jeden Abend, wenn ich schlafen gehe, nehme ich es mir vor, und jeden Morgen, wenn ich aufstehe, erscheint es mir geradezu unmöglich. Dann werde ich müde, so müde. Und ich bleibe, weil es einfacher ist. Weil es manchmal kein Zurück gibt. Oder weil das Zurück sich unendlich weit weg anfühlt, weiter als Afrika.«

»Aber wenn …«

»Genug …«, unterbrach sie mich. »Es ist schon alles gut. Halb so schlimm. Alles halb so schlimm. Komm!«, sagte sie und stand auf.

Wir zogen unsere Schuhe an. Im Stechschritt marschierten wir zurück zum Fest. Ich hätte ihr gerne noch etwas gesagt, etwas Aufmunterndes, Tröstendes. Ihr vorgeschlagen, bei uns in Haddock Hall zu bleiben. Mama würde sich freuen. Aber bevor ein Wort über meine Lippen kam, waren wir umgeben von tanzenden, lachenden Menschen.

»Bleib bei uns, bleib hier«, sagte ich, aber Anne, die gerade noch neben mir gestanden hatte, war verschwunden. Ich blickte mich um, suchte nach ihr. Fand sie auf der Tanzfläche in den Armen ihres rothaarigen Ehemannes. Wie ein Gnom sah er aus. Kein Riese, aber ein Monster.

16

Herzschlag

Es begann ... Wann genau es begann, war schwer zu sagen. Aber nach Weihnachten war offensichtlich, dass Mutter krank war. Den ganzen Spätsommer und Herbst hatte sie ihre Müdigkeit, ihr Unwohlsein heruntergespielt, damit sich niemand Sorgen machte. Doch wir machten uns Sorgen, denn Mutter verbrachte viele Nachmittage im Bett, sah blasser aus, wurde dünner.

»Es ist nichts«, sagte sie, wenn einer von uns fragte. »Ich ... Es ist das Wetter, der Fluch der Familie Godwell. Wetterfühligkeit. Wenn wir älter werden, spüren wir es in den Knochen.«

Wir akzeptierten ihre Begründung, weil wir uns wünschten, dass sie wahr war. Und es gab niemanden, den wir hätten fragen können, was es mit der Wetterfühligkeit der Godwells auf sich hatte. Ihr Vater, unser Großvater, war vor drei Jahren gestorben. Mutter war die letzte Godwell.

Wie jedes Weihnachten luden wir auch 1919 die Kinder der Pächter ein. Eine neue Generation Archers, Frasers, Nolans und Carvers verehrte Lilian Haddock.

Die Liebe dieser Kinder stimmte Edmund und mich nicht mehr eifersüchtig, sondern erfüllte uns mit einer Art Stolz. Denn wir wussten, dass wir ihre Kinder waren. Dass sie uns gehörte.

Sollten die kleinen Archers, Frasers, Nolans und Carvers doch einmal im Jahr einen Hauch dieser Liebe spüren dürfen. Sollten sie sich doch ein paar Stunden in ihrer Aufmerksamkeit – ein Ort der Geborgenheit, der Glückseligkeit – aufhalten. Sie waren keine Konkurrenz, konnten uns unsere Mutter nicht wegnehmen.

Lady Haddock verteilte Süßigkeiten, Maddox wich nicht von ihrer Seite, ließ sich von den fremden Kindern streicheln. Ihr zuliebe. Denn jedes Mal, wenn ein paar Patschhände über sein schwarzes glänzendes Fell strichen, sah er seine Herrin an, und sie nickte ihm zu, sagte ihm, er sei ein guter Junge.

Als meine Mutter Bob Nolan – weizenblonde Haare, Hasenzähne – eine Tüte Bonbons überreichte, schloss sie für den Bruchteil einer Sekunde die Augen und sackte leicht in die Knie. Maddox bellte. Schon stand sie wieder gerade, lächelte, wie nur sie lächeln konnte. Aber wir hatten es gesehen, Vater und ich. Schnell waren wir da, umringten sie.

»Es ist nichts«, sagte sie. »Mir war nur schwindelig. Ich bin zu schnell aufgestanden.«

Dann bat sie mich, dass Klavierspielen zu übernehmen. Ich nickte, setzte mich ans Klavier und spielte mehr schlecht als recht »Holy Night«. Mein Hals schnürte sich zu, ich hatte Angst um Mama.

Am Tag darauf kam der Arzt, der uns auf die Welt geholt hatte. Dr. Fincher war überfordert mit der Situation und ließ einen Kollegen aus London kommen.

Dr. Munk sagte, es sei das Herz, es schlüge falsch. Ob das der Grund oder die Auswirkung ihres Leidens sei, könnte er nicht mit Gewissheit sagen. Erst mal müsste Lilian wieder zu Kräften kommen. Eine spezielle Diät und ein Präparat, das Vitamine enthielt – ein oranges zähflüssiges Getränk, morgens und abends ein Gläschen. Viel Ruhe, kurze Spaziergänge, und dann würde man weitersehen.

Dr. Fincher kam jeden Tag und Dr. Munk alle drei Tage. Wir – Vater, Edmund und ich – hielten abwechselnd Wache an ihrem Bett. Maddox lag zu ihren Füßen und behielt uns im Auge.

Wir gingen mit Lilian und Maddox spazieren, wie es der Arzt aufgetragen hatte. Kurze Spaziergänge. Es schien ihr langsam besser zu gehen. Zumindest sagte sie das. So überzeugend, dass wir ihr glaubten.

In der Nacht zum neuen Jahr – Mutter schlief tief und fest in ihrem Bett – saßen unser Vater, mein Bruder und ich im Salon. Wir redeten kaum. Blickten auf die Uhr. Um Mitternacht erhoben wir unsere Scotch-Gläser. Schließlich waren Edmund und ich keine Kinder mehr, sondern junge Männer.

»Auf dass sie bald wieder gesund ist«, sagte Vater. Seine Augen waren wässrig.

Wir murmelten: »Auf Mama.«

Es war still im Salon. Gedämpftes Lachen und Musik waren aus dem Dienstbotensaal zu hören, der sich im Keller befand.

Lloyd, der Butler, kam in den Salon und wünschte uns ein frohes neues Jahr. Fragte, ob er was für uns tun könne.

»Trinken Sie mit uns auf Lilians Gesundheit«, sagte George und goss dem Butler ein Glas Scotch ein.

»Auf Lady Haddock«, sagte Lloyd ernst.

»Auf Lady Haddock«, sagten wir.

Am nächsten Morgen saß ich auf einem gepolsterten Stuhl, grüner Samt, weißes Holz, ganz nah an Mutters Bett. Sie sah frisch aus. Ihre Wangen gerötet. Sie nahm meine Hand.

»Wilson, was auch immer passiert, wenn … wenn ich nicht mehr da bin. Bitte halte Kontakt zu Anne. Schreib ihr. Ja?«

»Mama … Du …«

»Nein, nein«, unterbrach sie mich. »Ich sage ja nicht, dass ich bald nicht mehr da sein werde. Mir geht es viel besser. Nur … nur falls …«

»Aber …«

»Versprich es mir.«

Ich nickte. Drückte ihre Hand.

»Danke«, sagte sie. »Das bedeutet mir viel. Und jetzt lass uns an die frische Luft gehen.«

Sie sah wirklich viel besser aus. Morgen würde Dr. Munk kommen, um sie zu untersuchen, und ich war sicher, dass er sagen würde, dass sie wieder gesund wäre oder zumindest auf dem Weg der Besserung. Und dann, in ein paar Wochen, wäre alles, wie es vorher war. Das Herz meiner Mutter würde wieder richtig schlagen. Ich sah es deutlich vor mir. Konnte Dr. Munks Stimme hören. Ich fühlte mich leicht, voller Zuversicht.

Am nächsten Tag war Mutter tot.

17
Ein leerer Platz

Wir fanden keinen Trost. Bewegten uns zwischen Schmerz und Ohnmacht. Es war, als hätte man uns den Boden unter den Füßen weggezogen und die Luft zum Atmen genommen. Wir waren einander keine Stütze, keine Hilfe.

Unser Vater saß allein in seinem Arbeitszimmer, trank Scotch. Wenn sein Glas leer war, füllte er es wieder. Wenn die Flasche leer war, holte er eine neue.

Edmund saß allein im Salon und arbeitete sich durch Bücher und Papiere, um sich einen Überblick über die Finanzen zu verschaffen. Vielleicht weil er spürte, dass etwas unwiederbringlich in unserem Vater erloschen war. Dass er selbst schon jetzt einen Teil der Verantwortung übernehmen musste, wenn er sein Erbe sichern wollte. Schnell fand er heraus, dass das australische Bergbauunternehmen, in das unser Großvater investiert hatte, nur noch geringe Gewinne abwarf. Zwar verstand Edmund, dass die finanzielle Lage von Haddock Hall sich im letzten Jahr verschlechtert hatte, aber er wusste nicht, wie er diese Entwicklung stoppen konnte.

Unser Vater tat Edmunds Fragen mit einem Schulterzucken ab. Es interessierte ihn nicht. Gott, das Schicksal, das Leben hatte ihn betrogen. Lilian hätte ihn zu Grabe tragen sollen, so wie fast alle Ladys von Haddock Hall ihre Männer begraben hatten – außer seiner Mutter. Oder Lilian und er hätten, wie seine Eltern, zur gleichen Zeit sterben müssen. Aber dass er seine Frau beerdigt hatte, war nicht vorgesehen. Das hatte der fünfte Baronet von Haddock Hall niemals in Erwägung gezogen.

Ich blieb allein in meinem Zimmer, konnte nicht begreifen, dass Mutter für immer von uns gegangen war.

Wir waren verloren ohne sie, ohne ihre Liebe.

Maddox, der arme kleine Maddox, saß vor ihrer Tür oder streifte suchend durchs Haus. Und vielleicht war er der Einzige, den man hätte trösten können mit ein wenig Zuneigung, mit ein bisschen Aufmerksamkeit. Aber wir ignorierten ihn.

Unsere Köchin Rosanna ließ durch Lloyd fragen, mit wem sie nun, da Lady Haddock tot sei, das allabendliche Essen planen sollte. Mutter hatte wöchentlich mit der Köchin unsere Dinner sowie Ausgaben für Nahrungsmittel besprochen. Vielleicht blieb die Aufgabe an mir hängen, weil ich von uns dreien der Zugänglichste war. So stand ich in der Küche, und Rosanna bombardierte mich mit Fragen: Ob Fleisch oder Wild, ob Fisch oder

Geflügel gewünscht sei. Ob sie – da Zucker gerade im Angebot sei – mehr bestellen sollte. Ob Gäste am Wochenende erwartet wurden? Und welches Dessert wir am Sonntag wollten?

Tränen schossen mir in die Augen. Ich versuchte mich zusammenzureißen, aber schaffte es nicht.

»Junge, Junge«, sagte die Köchin und tätschelte meine Wangen. »Nicht weinen, nicht weinen. Ich mache das schon ganz im Sinne der Lady – Gott habe sie selig. Und du findest heraus, ob Gäste kommen.«

»Keine Gäste«, brachte ich hervor.

Sie lächelte. »Wenn jemand erwartet wird, sagst du mir Bescheid. Oder Lloyd.«

Jeden Abend trugen die Diener das Essen auf. Vorspeise, Hauptspeise und Dessert. Wir aßen fast nichts, saßen schweigend auf unseren Stühlen. Blickten immer wieder zu ihrem Platz, der jetzt leer war.

Vater trank auch zum Dinner Scotch. Edmund und ich tranken Wein. Nach dem dritten Glas war der Schmerz ein wenig erträglicher. Nach dem fünften wurden mein Körper und mein Geist so müde, dass ich fast gar nichts spürte.

Unser Vater, der sich immer durch eine besondere Höflichkeit gegenüber dem Personal ausgezeichnet hatte, sprach mit den Dienern in barschem Ton. Er brachte eines der Zimmermädchen zum Weinen und blaffte selbst Lloyd an, der viel mehr als Personal war, eine Institution, fest mit Haddock Hall und unserem Leben verwurzelt.

Als wir auch nach drei Wochen unser Essen kaum anrührten, erkundigte sich Lloyd im Auftrag der Köchin, ob wir etwas anderes, etwas Spezielles wünschten. Lloyd sprach zu mir, aber mein Vater hörte unsere Unterhaltung.

»Lloyd«, Georges Stimme klang zornig, ja bösartig, »sag ihr, dass ich meine Frau zurückwill. Kann sie das? Oder Sie, Lloyd? Können Sie mir Lilian zurückbringen?«

Der Butler senkte den Kopf. »Nein, Sir«, sagte er leise.

Lloyd verließ das Zimmer, ich folgte ihm.

»Lloyd«, sagte ich, als wir außerhalb der Hörweite meines Vaters waren.

Der Butler blieb stehen, sah mich mit einem traurigen Lächeln an.

»Es tut mir leid, dass er …«

Der Butler legte seine Hand auf meine Schulter. »Ist schon gut, Wilson. Es wird auch wieder besser werden. Es braucht Zeit. Dein Vater braucht Zeit. Er ist ein guter Mann, er wird sich fangen. Für euch, für Haddock Hall.«

Nicht alle hatten so viel Verständnis für den grimmigen Baronet. Bald schon verließen uns drei Diener und zwei Zimmermädchen. Die Zofe meiner

Mutter war bereits wenige Tage nach Lilians Tod gegangen. Auch unsere Hauslehrer kamen nicht mehr. Man einigte sich darauf, dass wir den Unterricht zu einem späteren, unbestimmten Zeitpunkt fortsetzen würden.

Haddock Hall leerte sich. Erst jetzt bemerkte ich, wie lebendig das Haus gewesen war. Musik – meine Mutter hatte Klavier gespielt oder Schallplatten auf dem Grammophon. Gäste, die zum Dinner kamen oder das Wochenende bei uns verbracht hatten. Buchhalter und Anwälte, die Geschäftliches mit meinem Vater besprochen hatten. Stimmen, unsere Stimmen, und jetzt war alles still. Nur manchmal konnte man Maddox jaulen hören.

18

Das Jagdgewehr

Anne war nicht zur Beerdigung gekommen. Wir hätten sie sofort nach Mamas Tod benachrichtigen sollen, schließlich war sie ihre beste Freundin gewesen. Und ich hatte Mama versprochen, mit Anne Kontakt zu halten. Aber wir haben es versäumt. Ich habe es versäumt. Erst am Tag vor dem Begräbnis rief ich sie an. Die Telefonzentrale hatte Schwierigkeiten, eine Verbindung herzustellen, und als ich endlich Annes Stimme hörte, war sie leise und das Rauschen in der Leitung stark.

Ich wusste nicht, wie ich es ihr sagen sollte, die Worte »Mama ist tot« kamen nicht über meine Lippen.

Mehrere Anläufe. »Mama … Sie ist … Mama … sie … sie…«

Annes Stimme so weit weg. »Wilson, was ist passiert? Was ist mit Lilian?«

»Sie … sie ist … sie ist nicht mehr.«

»Sie ist nicht mehr *was*?«

»Sie ist nicht mehr … Sie ist nicht mehr hier. Sie …«

Dann verstand Anne. Einen Moment lang war nur das Rauschen zu hören.

Als ich Anne sagte, dass die Beerdigung bereits am nächsten Tag stattfinden würde, weinte sie.

»Ich komme so bald wie möglich«, sagte sie. In zwei oder drei Tagen wäre sie da. Ob sie mit meinem Vater sprechen könnte.

Ich holte ihn ans Telefon. Mit einer Geste schickte er mich fort.

Ich weiß nicht, was er ihr gesagt hat, aber Anne kam nicht. Viele Wochen, ja Monate dachte ich nicht an sie, ich dachte an gar nichts.

Unser Vater hatte ein Telegramm nach Nairobi geschickt, mit der Bitte, Clay direkt das Telegramm zu geben, falls er noch im Norfolk Hotel wäre, oder es Clays Freund Ian Cherleton, dem Besitzer der Zuckerrohrplantage, zukommen zu lassen. Wir kannten seine Adresse nicht.

Die Nachricht war kurz. *Lilian ist tot.*

Mein Vater hatte den Platz für ihr Grab ausgesucht. Auf dem Friedhof von Haddock Hall, hinter dem Teich, die Allee entlang, auf der Lichtung im Wald. Zwischen zwei Fliederbäumen, die wie ewige Wächter Mutters letzte Ruhestätte beschützten. Er hatte eine Skulptur aus schwarzem Marmor anfertigen lassen: eine Frau mit ausgebreiteten Armen, vor ihr ein kniender Mann, sein Haupt gesenkt, als ob er zu ihr beten würde. Die Statue stand neben dem Grabstein. Maß etwa einen Meter. Immer lagen frische Blumen zu Füßen der marmornen Frau.

Ich besuchte ihr Grab oft. Täglich. Manchmal zweimal am Tag. Auf dem Friedhof von Haddock Hall hoffte ich auf eine Botschaft meiner toten Mutter. Ein Rabe, eine Eule, ein Schmetterling, ein Windstoß. Irgendein Zeichen, dass ihre Seele, etwas von ihr, noch in dieser Welt war. Mich sah. Auf mich aufpasste. Aber kein Vogel, kein Falter zeigte sich.

Die Zeit verging, und nichts wurde besser, im Gegenteil.

Der fünfte Baronet von Haddock Hall war nie nüchtern anzutreffen. Der Scotch schenkte ihm keine Leichtigkeit, keine einlullende Trunkenheit, sondern verwandelte ihn in einen zornigen, bitteren Menschen ohne jedes Verantwortungsgefühl.

Mein Bruder, nicht minder grimmig, weil er die Probleme von Haddock Hall zwar erkannte, aber nicht imstande war, sie zu lösen, konnte nicht akzeptieren, dass unser Vater, der seinen Erstgeborenen stets mit Aufmerksamkeit bedacht hatte, ihn nun mit barschen Worten abtat.

Seit Edmund ein kleiner Junge war, hatte unser Vater seinem Erstgeborenen die Wichtigkeit seines Erbes ans Herz gelegt. Dass der Erhalt von Haddock Hall alles war. Dass unser Anwesen einem Mann mit vielen Wunden glich, die man ständig neu bandagieren musste. Vernachlässigung konnte tödliche Konsequenzen haben. Nun schien diese Botschaft vergessen.

Mehr und mehr erinnerte unser Vater an ein wildes, gefährliches Tier. Er rasierte sich nicht mehr. Sein Bart wurde länger. Er trank, rauchte Zigarren. Blauer Dunst und ein fauliger Geruch in seinem Arbeitszimmer, das er nur selten verließ. Er kam zum Dinner. Manchmal glaubte ich, er setzte sich nur an den Tisch, um etwas von seinem Zorn an den Dienern oder uns auszulassen.

Ich weiß nicht mehr genau, wann er das erste Mal mit seinem Jagdgewehr zum Essen erschien. Aber von dem Tag an wurde das Gewehr sein ständiger Begleiter.

Ein Geschenk seines Vaters. Vor vielen Jahren hatte Archie Haddock es für George bei Purdey in London anfertigen lassen. In das Metall des Gewehrkolbens waren zwei Füchse eingraviert. Einer rannte, der andere war tot.

Ich konnte es in den Gesichtern des Personals sehen: Der fünfte Baronet, den sie stets für einen guten Arbeitgeber, ja für einen guten Menschen gehalten hatten, machte ihnen Angst. Mir auch. Nur Edmund schien keine Angst zu haben, sondern bloß wütend zu sein.

Wir schwiegen, ignorierten die Waffe. Ich fragte mich, ob er sich oder uns erschießen wollte. Oder ob Vater nur böse Geister jagte.

Sieben Monate nach Mutters Tod – mitten in der Nacht – fielen Schüsse im Haus. Das Personal, angeführt von Lloyd, Edmund und ich kamen in die Eingangshalle gerannt. In Nachthemden und Pyjamas standen wir da.

George hielt das Gewehr in den Händen. Er lachte. Ich hatte ihn seit Mutters Tod nicht mehr lachen gesehen. Doch es war nicht sein altes Lachen, es hatte nichts mit Fröhlichkeit zu tun. Er sah wie ein Wahnsinniger aus.

»Sir«, sagte Lloyd.

»Der verdammte Hund! Er ist entwischt.«

Eines der Zimmermädchen begann zu weinen.

»Jetzt hat Gott endgültig dieses Haus verlassen«, sagte die Köchin.

»Wo ist Maddox?«, fragte Edmund.

Vater zuckte mit den Schultern. »Abgehauen.«

»Hast du ihn getroffen?«

Wieder ein Schulterzucken.

Lloyd beauftragte die Diener, den Hund zu suchen, und schickte das restliche Personal zurück in ihre Schlafzimmer.

»Warum?«, fragte ich meinen Vater.

»Weil das verdammte Tier nicht begreift, dass sie fort ist. Dass er sie nie wiedersehen wird«, sagte er und marschierte, das Gewehr geschultert, in sein Arbeitszimmer.

Einer der Diener fand Maddox, er hatte sich unter der Chaiselongue im kleinen Salon versteckt. Er war unversehrt. Lloyd nahm den zitternden Hund an sich, flüsterte tröstende Worte.

»Heute schläft er bei mir«, sagte der Butler ernst. »So kann es nicht weitergehen.«

Edmund nickte.

Dann standen Edmund und ich allein in der Halle.

»Was machen wir jetzt?«, fragte ich ihn.

»Woher soll ich das wissen?«, zischte er mich an.

»Du ... du bist der Erstgeborene.«

Er schüttelte den Kopf. »Und?«

»Du ...«, ich fand keine Worte.

»Was, Wilson? Was?«

19

Ein sinkendes Schiff

Zurück in meinem Zimmer, setzte ich mich an den Sekretär und schrieb Anne einen Brief.

Liebe Anne,
 ich hoffe, es geht Dir gut.
 Seit unserem Telefonat habe ich nichts mehr von Dir gehört. Du hast gesagt, Du würdest nach Haddock Hall kommen. Das soll kein Vorwurf sein.
 Es ist anders, jetzt, seitdem Mama tot ist. Es ist schlimm. Vater trinkt. Er sitzt in seinem Zimmer und kümmert sich um nichts. Edmund ist wütend. Wütend auf Vater, vielleicht auch auf mich. Wir reden kaum. Es fühlt sich an, als ob wir auf einem sinkenden Schiff sitzen würden.
 Eben hat Vater versucht, Maddox zu erschießen. Er trägt sein Gewehr immer bei sich. Er hat sich sehr verändert.
 Ich vermisse Mama unendlich. Ohne sie haben wir keinen Kompass ...
 Was soll ich tun, Anne?
 Hast Du etwas von Clay gehört? Vater hat ihm

nach Mamas Tod ein Telegramm geschickt. Ich weiß nicht, ob Clay es bekommen hat. Er hat sich nicht gemeldet.
Schreib mir.
Dein Wilson

Ich fragte nicht nach dem Stand ihrer Ehe, ob sich die Lage verbessert hatte, ob das Feuer wieder in ihren Augen brannte. Denn ich wusste nicht, ob das schottische Monster Finley MacDonald ihre Post las.

Ich steckte den Brief in ein Kuvert und blieb an meinem Sekretär sitzen, bis der Morgen anbrach. Ich verließ das Haus, ohne nachzusehen, ob Edmund oder mein Vater am Frühstückstisch saßen. Manchmal trafen wir drei zur gleichen Zeit ein. Jeden Morgen richteten die Diener ein kleines Buffett her. Wir rührten es kaum an – so wie das Abendessen. Aber wir tranken Tee. Auch in den Tee kippte Vater einen Schluck Scotch. Wir sprachen kaum und ignorierten die Zeitungen, die Lloyd auf den Tisch gelegt hatte.

Ich holte das Auto aus der Garage. Vor einem Jahr hatte mein Vater einen Rolls-Royce Silver Ghost Alpine Eagle gekauft, und Edmund und ich hatten beide fahren gelernt. Wir durften das Auto benutzen, wann wir wollten, noch vor unserem siebzehnten Geburtstag. Vater hatte eine Sondergenehmigung beantragt. Die einzige Regel: Wir mussten ihm oder

Mama Bescheid sagen, wenn wir das Auto nahmen. Mama war tot, und er nicht er selbst. Also sagte ich niemandem Bescheid.

Ich fuhr zum Postamt und gab den Brief an Anne auf. Als ich wieder im Auto saß, beschloss ich, nicht direkt zurückzufahren. Ohne Ziel bog ich in Straßen ein. Links. Rechts. Links. Ein warmer Sommertag. Alles blühte, alles war lebendig, für einen Moment schwand die Traurigkeit. Wenn ich doch einfach weiterfahren könnte, immer weiter. Nicht anhalten, nicht ankommen.

Ich steuerte Haddock Hall erst an, als ich fürchtete, dass mir das Benzin ausgehen würde. Ich parkte den Wagen. In der Eingangshalle standen Edmund und Lloyd. Der Butler sah besorgt aus, Edmund wütend.

»Wo warst du?«, raunte mich mein Bruder an.

»Beim Postamt.«

»Fast alle haben Haddock Hall verlassen«, sagte er.

»Wer? ... Was?«

Lloyd klärte mich auf.

Bis auf die Köchin, ein Zimmermädchen, einen Diener und natürlich Lloyd selbst hatte das Personal nach den Schüssen auf Maddox gekündigt. Die Köchin Rosanna war schon sehr lange bei uns. Die guten Erinnerungen an die Zeit vor Mutters Tod überwogen – noch. Sollte etwas Ähnliches geschehen wie in der vergangenen Nacht, würde auch sie kündigen.

Katie, das Zimmermädchen, blieb, weil ihre Familie nicht weit entfernt von Haddock Hall wohnte und sie sie an ihren freien Tagen besuchen konnte. »Aber wenn der Herr noch mal schießt, dann gehe ich. Es macht mir Angst«, hatte sie dem Butler gesagt.

Fred, der Diener, wusste, dass er keine andere Anstellung finden würde. Er war stets bemüht, hatte aber zwei linke Hände. Lloyd hatte ihn vor zwei Jahren – mit dem Segen meiner Eltern – eingestellt, weil er den Onkel des Jungen kannte.

Lloyd würde uns niemals verlassen, er würde mit uns untergehen.

»Oh«, sagte ich. »Das ist ... ähm ... nicht gut.«

»Wir müssen Vater in Schach halten«, sagte Edmund.

Der Butler nickte und verließ die Eingangshalle. Edmund und ich sahen uns an.

»Manchmal wünschte ich, er würde sich erschießen«, sagte Edmund. Ich wusste, dass er Vater und nicht Lloyd meinte.

»Sag das nicht ... Er ist ... Er ist einfach nur traurig.«

»Ich bin auch traurig. Trotzdem. Ich versuche, das alles hier zu bewahren. Aber Vater hilft mir nicht, ich habe keinen Zugriff auf die Finanzen. Die Ernte im letzten Jahr war nicht gut. Das Bergbauunternehmen in Australien, in das Großvater investiert hat, ist bankrottgegangen. Papa hat es mir nicht einmal gesagt. Ich habe vorgestern einen Brief gefunden.«

Es war, als hätte es immer einen Plan gegeben – für Haddock Hall, für jeden Einzelnen von uns –, der mit Lilian verschwunden war.

Papa erschien nicht zum Abendessen. Ich aß so viel wie lange nicht mehr. Der Köchin zuliebe. Als Entschuldigung für die Schüsse, die in der Nacht gefallen waren.

Und auch Edmund aß und sagte zu Fred: »Bitte richte Rosanna aus, dass es wunderbar geschmeckt hat.«

Mein Bruder klang sehr erwachsen.

20

Zirkus

Als ich am nächsten Morgen zum Frühstück erschien, saßen Edmund und Vater bereits am Tisch. Edmund las Zeitung. Sein Teller war gefüllt mit Würstchen und Toast. Vater mit einer Tasse Tee und, wie ich annahm, Scotch. Grimmiger Blick. Dunkle Ringe unter den Augen.

»Guten Morgen, Wilson«, sagte mein Bruder fröhlich.

Es wirkte wie ein Theaterstück. *Junger Baronet am Morgen* hätte der Titel lauten können. Und Vater ein Hausierer, der sich auf die Bühne verirrt hatte.

»Guten Morgen«, sagte ich, nahm mir Toast, Marmelade und eine Tasse Tee. Erleichtert stellte ich fest, dass unser Vater nicht bewaffnet war.

Mein Bruder sagte, ohne von der Zeitung aufzusehen, dass bei den Aufständen in Belfast vierzehn Menschen getötet worden waren.

Eines wurde mir in diesem Moment bewusst: Draußen ging das Leben weiter. Schreckliches und Schönes geschah. In Haddock Hall war die Zeit seit Mutters Tod stehen geblieben, wir hatten uns von der Welt abgekapselt. An diesem Morgen versuchte Edmund, der Welt wieder Zutritt zu gewähren.

»Britisch-Ostafrika heißt jetzt Kenia und ist eine Kronkolonie«, sagte er.

Ostafrika. Clay.

»Hat Clay sich mittlerweile gemeldet?« Mein Blick wanderte von meinem lesenden Bruder zu unserem Vater. Ich sah ihm direkt in die Augen, dachte an den Mann, der er gewesen war, bevor er seine Frau begraben hatte. Ernst, pflichtbewusst und in ihrer Gegenwart voller Liebe und Lebenslust. Jetzt sah er aus wie ein tollwütiges Tier.

»Papa«, sagte ich, »hast du etwas von Clay gehört?«

In seinem Blick Unverständnis, als ob ich eine fremde Sprache sprechen würde.

»Clay, dein Bruder.«

»Mein Bruder«, sagte er.

»Hast du etwas von ihm gehört?«, fragte ich jetzt ungeduldig.

»Nein.«

Schweigen. Nur das Rascheln der Zeitung war zu hören. Es ist schwer, an Zufälle zu glauben. Nur wenige Minuten waren vergangen. Draußen fuhr ein Auto vor. Die Haustür wurde geöffnet. Lloyds Stimme und dann – zuerst dachte ich, ich würde es mir einbilden – Clays.

Ich erkannte sie sofort, obwohl ich sie seit Jahren

nicht gehört hatte. Ich wollte aufspringen, zu ihm laufen, widerstand jedoch dem Impuls, weil ich fürchtete, dass mein Verstand mir einen Streich spielen könnte.

Edmund legte die Zeitung nieder. Vater rutschte auf dem Stuhl hin und her. Auch sie hatten es gehört.

Edmund sah mich fragend an.

Ich nickte.

Schritte. Die Stimme einer Frau. Lloyds Stimme.

Klonk. Klonk.

Holz auf Stein.

Die Tür ging auf.

Zuerst erschien Lloyd.

Klonk. Klonk.

Clay. Sein Gesicht älter, markanter. Das dichte Haar heller. Ein gepflegter Dreitagebart. Ein weißes Hemd, die Ärmel hochgekrempelt. Und dann sah ich es: Das rechte Bein hatte keine Fuß. Ein zweiter Blick: keine Wade. Ein Stück Holz zeichnete sich unter dem Stoff seiner beigen Hose ab.

Bevor ich etwas sagen oder fragen konnte, trat jemand hervor, bisher versteckt hinter Lloyd und Clay.

Eine junge Frau. Lange honigblonde Haare, gewellt. Haselnussbraune Augen. Im linken Auge grüne Sprenkel. Sonnengebräunte Haut. Sommersprossen auf der Nase. Ein Lächeln auf den Lippen, nicht voller Liebe wie das unserer Mutter, sondern amüsiert, belustigt.

Sie war nicht groß. Trug ein ärmelloses Kleid aus einem glänzenden silbergrauen Stoff. Schwarze, etwas plumpe Schnürstiefel, die nicht ganz zu dem Kleid passen wollten. Eine kleine Reisetasche aus braunem Leder in der rechten Hand.

Jedes Detail ihrer Erscheinung prägte sich mir ein. Meine Hände schwitzten. Mein Herz trommelte. Es war, als ob ich sie kannte, auf sie gewartet hatte. Vertraut und doch fremd. Ich wollte ihre Haare berühren.

Ihr Blick wanderte von Edmund zu meinem Vater zu mir. Wir drei sahen sie an. Mein Vater präsent, das Wilde, Tierhafte verschwand. Unsicher fuhr er sich durch seine zu langen ungekämmten Haare. Als ob er sich seiner Verwahrlosung plötzlich bewusst war.

Edmund weitete seine Brust wie ein Gockel.

Und ich starrte sie an, schluckte. Mein Mund war trocken. Alles um sie herum verblasste. Ich konnte nur sie sehen.

»Meine Herren, ich bin Elise. Elise Bowles«, sagte sie. Eine unerwartet tiefe Stimme.

Wir drei sprangen von unseren Stühlen auf. Nannten unsere Namen, sprachen durcheinander. Zu ihr, zu Clay.

Ein Zirkus.

Dann sagte Clay, uns alle übertönend: »Wie wäre es, wenn wir uns hinsetzen? Elise und ich haben noch nicht gefrühstückt.«

21

Willkommen

Wir saßen am Tisch. Lloyd schloss die Tür, verließ das Zimmer jedoch nicht. Clay sagte, wie leid es ihm um Lilian täte. Dass er geschrieben habe, aber erst viel später herausgefunden hatte, dass seine Briefe nicht abgeschickt worden waren. Er sah seinen Bruder an. »Armer George«, sagte er.

Mein Vater zuckte zusammen, als ob ihm jemand einen Stoß versetzt hätte.

»Was ist mit deinem Bein?«, fragte ich Clay, weil er noch nicht erzählt hatte, was geschehen war, und weil ich das Thema wechseln wollte.

»Ein Jagdunfall. Man hat mich für einen Löwen gehalten.«

»Oder für ein Wildschwein«, sagte Elise lachend.

Wir stimmten ein, am lautesten lachte Vater.

»Autsch«, sagte Clay, griff sich theatralisch an die Brust, »charmant wie immer.«

Ich versuchte auszumachen, in welcher Beziehung Clay und Elise zueinander standen. Waren sie ein Paar? Ich wollte nicht direkt fragen, also sagte ich: »Wo habt ihr euch kennengelernt?«

»Bei Ian Cherleton. Wir haben alle dort gewohnt«, sagte Elise. »Er besitzt eine Zuckerrohrplantage.«

Ich nickte. Wollte mehr erfahren über … über sie. Doch bevor ich die nächste Frage formulieren konnte, sprach Vater: »Und wo kommen Sie ursprünglich her, Miss Bowles?«

»Ach bitte, George, sagen wir doch Du …« Vater lächelte irritiert. Eine junge Frau bot ihm – dem Baronet – das Du an. Aber er sagte nichts. Und sie fuhr fort. »Ich komme … Das ist eine lange Geschichte. In London geboren und dann … Ich habe an vielen Orten gelebt. Griechenland, Indien, Afrika.«

»Haben Sie … hast du Familie hier in England?«, fragte Vater.

»Ich habe niemanden«, sagte sie.

»Ich auch nicht«, sagte er.

Edmund und ich sahen ihn an. Aber es war Clay, der seine Stimme erhob. »Zwei Söhne und einen Bruder. Niemanden?«

Vater schüttelte den Kopf. »Anwesende ausgenommen«, sagte er. »Ich meine nur … Lilian …«

»Wer hat auf dich geschossen?«, fragte ich Clay. Wieder um das Thema zu wechseln. Von Vater abzulenken. Ihm zuliebe und weil ich nicht wollte, dass wir bei Elise einen schlechten Eindruck hinterließen.

»Ein Jäger.«

Elise lachte. Sie und Clay tauschten Blicke, die ich nicht deuten konnte.

»Bleibst du … bleibt ihr hier?«, fragte Edmund.

»Ja«, sagte Clay. »Wenn der Baronet uns Unterkunft gewährt.«

»Natürlich«, sagte Edmund. »Haddock Hall ist dein Zuhause.«

Vater sah Edmund an. »Der Baronet bin immer noch ich.«

Edmund errötete. »Ich … Ja …«, stammelte er verlegen.

»Clay«, sagte George, »willkommen zu Hause. Elise, willkommen in Haddock Hall.«

Jaulen und Winseln war von draußen zu hören. Der Butler eilte zur Tür, öffnete sie einen Spaltbreit. Lloyd bückte sich, aber bevor er ihn schnappen konnte, war Maddox schon im Zimmer. Wir hatten den Mops seit den Schüssen nicht gesehen. Ich hatte angenommen, er lebte unten bei den Dienstboten.

Maddox rannte schnurstracks zu Elise. Schnupperte an ihren Beinen. Sie hob ihn hoch. Küsste ihn auf seine Schnauze.

»Oh, Hündchen, bist du ein schönes Hündchen. Wie heißt er?«

»Maddox«, sagten Edmund und ich gleichzeitig.

»Maddox«, sagte sie. »Wem gehört er?«

»Er … er hat unserer Mutter gehört«, sagte Edmund.

»Ich hatte auch einen kleinen Hund. In Afrika. Man hat ihn mir weggenommen.«

Clay lachte laut auf.

»Was?«, fragte sie an Clay gewandt.

»Du hattest keinen Hund«, sagte er.

»Doch. Bevor ich dich kennengelernt habe.«

»So …«, sagte Clay. Er wollte weitersprechen, aber verstummte.

Der Mops lag zusammengerollt auf Elises Schoß.

»Wer kümmert sich um ihn?«, fragte sie.

»Ich«, sagte der Butler.

Sie strahlte Lloyd an. Ich sah, wie der Butler nervös schluckte.

»Darf ich Ihnen dabei helfen?«

»Du kannst ihn haben«, sagte Vater. Der Mops zuckte zusammen, als er seine Stimme hörte.

»Wirklich?«, fragte sie. Sah Vater an, dann Lloyd.

»Oder, Lloyd, sind Sie zum Hundeliebhaber geworden?«, fragte Vater.

»Nein … ja … aber ich …«

»Na dann«, sagte Vater, »das Tier gehört dir.«

»Ich habe ihn Lilian geschenkt«, sagte Clay.

»Und ich schenke ihn jetzt Elise«, sagte Vater.

»Er mag dich«, sagte ich zu Elise und deutete auf den Mops.

»Ich mag ihn auch.« Sie sah mir in die Augen. Und mein Herz, es trommelte. Laut und schnell. Als wollte es meinen Brustkorb sprengen.

»Welche Zimmer können wir haben?«, fragte Clay.

»Willst du dein altes Zimmer?«, fragte Vater.

»Ja. Und Elise?«

»Das rote«, sagte Edmund.

Vater sah seinen Erstgeborenen streng an.

»Ich dachte nur …«

»Das rote Zimmer ist eine gute Idee«, sagte Vater.

Es war das schönste Gästezimmer. Ein Doppelbett. Das Gestell aus dunklem, mit Schnitzereien verziertem Holz. Blumenranken und Schwäne waren in das Mahagoni eingeritzt. Die Vorhänge so wie das Sofa aus schwerem roten Samt. Deshalb hieß es das rote Zimmer. Ein Kleiderschrank, ein Sekretär. Ein Kamin. Über dem Bett ein Ölgemälde. Eine schlafende Frau am Ufer eines Sees. Mutter hatte es ausgesucht.

»Kann uns jemand mit dem Gepäck helfen?«, fragte Clay.

»Ja«, sagte der Butler und verließ das Zimmer.

»Ich habe in Portsmouth einen Bentley gekauft«, sagte Clay, »als wir angekommen sind. Nicht einfach zu fahren mit einem Holzbein.«

Er klang bitter. Er hatte sich verändert. Wir hatten uns wohl alle verändert. Ich dachte an meinen Ausritt mit Onkel Clay. Ich war ein kleiner Junge gewesen und er ein ungestümer Abenteurer. *Alles ist möglich* – ob er noch immer so empfand?

Als ob er in mich hineingeschaut hätte, fragte Clay: »Lebt der gute Moorland noch?«

»Ja«, sagte ich.

»Wer ist Moorland?«, fragte Elise.

»Das beste Pferd, das ich jemals besessen habe. Ich habe es George geschenkt.«

Vater nickte. »Kannst du reiten, ohne …«

»Ohne mein rechtes Bein? Ja.«

»Er hat sich fast das Genick gebrochen«, sagte Elise. »Das Gleichgewicht. Er ist gestürzt. Im vollen Galopp.«

»Eine Sache der Übung. Es wird schon wieder. Irgendwann.«

Dann stand er auf. »Komm, ich zeige dir dein Zimmer«, sagte er zu ihr.

Klonk. Klonk.

Elise folgte Clay, und Maddox folgte Elise.

22

Das rote Zimmer

Ich sah es als meine Pflicht an, die Köchin von unserem »Familienzuwachs« zu unterrichten. Schließlich hatte ich ihr versprochen, Bescheid zu sagen, falls wir Gäste erwarteten.

Ich lief die Treppen hinunter. Das, was vom Personal übrig war, hatte sich in der Küche versammelt. Lloyd, Rosanna, Katie und Fred. Alle vier starrten mich an, als ich eintrat.

»Rosanna, wir werden heute und … in Zukunft zu fünft sein.«

»Ich weiß«, sagte sie. »Und weil der Herr auf den Hund geschossen hat, habe ich keine Mägde mehr. Alle sind fort. Jetzt stehe ich allein hier. Mägde fort, Diener fort … Man schießt nicht im Haus!«

»Heute wird Ihnen Katie helfen«, unterbrach der Butler ihre Tirade. »Fred und ich werden servieren. Und dann finden wir jemanden.« Er wandte sich an mich. »Am Nachmittag wird es nur ein kaltes Buffet im Frühstückszimmer geben, damit Rosanna genug Zeit hat, das Dinner vorzubereiten. Ich werde mich bei Miss Elise Bowles nach ihren

Gewohnheiten erkundigen.« Lloyd klang ernst, als ob er eine Schlacht planen würde und nicht unser Essen.

»Kann ich irgendwie behilflich sein?«, fragte ich.

»Will der junge Herr noch mehr Unordnung in dieses Haus bringen?«, fragte die Köchin barsch. »Helfen? So ein Unfug!«

»Liebe Rosanna«, sagte Lloyd beschwichtigend, »Wilson meint es nur gut.«

Der Butler deutet mir an, dass ich gehen sollte. Ich wurde hier nicht gebraucht.

Ich stieg die Treppen hinauf. Die unteren Räume waren verwaist. Selbst Vater hatte sein Arbeitszimmer verlassen. Der große Salon, der kleine Salon, die Bibliothek und auch die Speisezimmer waren leer. Ich ging die Gänge des ersten Stockwerkes entlang. Blieb stehen, lauschte. Spielte mir etwas vor, denn es war ein bestimmtes Zimmer, das mich anzog. Ich wollte weder Vater noch Edmund oder Onkel Clay sehen. Elise – sie wollte ich sehen. Ihr nah sein, und wenn es nur durch eine verschlossene Tür war. Nun verstand ich Maddox, der seit Mutters Tod zusammengerollt vor ihrem Zimmer geschlafen hatte.

Vorsichtig lehnte ich meinen seitlich gedrehten Kopf an die Tür des roten Zimmers.

Ich hörte ihre Stimme. Gedämpft drang sie an mein Ohr. »So ein feines Hündchen … Ja komm,

komm, mein Kleiner. Jetzt bist du nicht mehr allein. Ja, so ein guter Junge.«

Ich hätte alles gegeben, um mit Maddox zu tauschen. Mein Herz raste.

Konnte man sich augenblicklich und sofort in jemanden verlieben? War ich verliebt?

Oder war Elise einfach im richtigen Moment in unserem traurigen Haus aufgetaucht? Hätte auch eine andere, jede andere junge Dame mein Herz zum Trommeln gebracht?

Ich möchte es verneinen. Elise war einmalig, besonders, anders.

Der Holzboden unter meinen Füßen knarrte, und der verdammte Hund fing an zu bellen.

»Was ist denn da, Maddox?«

Wuff, machte der Mops.

Schritte. Ich eilte davon. Die Tür ging auf. Sie sah mich, bevor ich um die Ecke biegen konnte.

»Wilson?«

Zuerst wollte ich weiterlaufen.

»Wilson?«

Ich blieb stehen, drehte mich um. Ich spürte, wie meine Wangen glühten.

»Ja«, sagte ich, und meine Stimme klang seltsam belegt.

Maddox bellte.

»Ist ja gut, mein Kleiner«, sagte Elise und kniete sich neben den Mops, streichelte ihn.

»Komm her«, sagte sie und sah mich an.
»Ich?«
»Ja. Du.«
Langsam ging ich auf sie zu. Elise hob den Hund hoch. Ich folgte ihr in das Zimmer.
»Mach die Tür zu, wir wollen doch nicht belauscht werden.«
Noch mehr Hitze schoss in meine Wangen.
Sie lachte, setzte sich mit Maddox auf das rote Sofa. Wie gelähmt stand ich mitten im Zimmer, verschränkte meine Arme hinter dem Rücken. Sie waren schwer, störten mich.
»Und du?«, fragte Elise.
»Ich?«
»Willst du da stehen bleiben? Oder dich zu uns setzen?«
Ich nahm am äußersten Rand der Couch Platz. Maddox sah mich an, ein spöttischer Ausdruck in seinem runden Gesicht. Er machte sich über meine Unsicherheit lustig.
»Also, Wilson«, sagte Elise. Ich presste meine Hände zusammen, um das Zittern zu verbergen. »Du bist der jüngere Bruder?«
Ich nickte.
»Erzähl mir etwas über dich.«
Ich überlegte. Lange, *zu* lange.
»Ich … Da gibt es nichts …«, stammelte ich.
Elise legte den Kopf schief, betrachtete mich.

»Das glaube ich nicht. Dann lass mich anders fragen: Was machst du gerne?«

Wieder fiel mir nichts ein. Was machte ich gerne? Was machen Menschen gerne?

»Schwimmen«, sagte ich schließlich und fühlte mich wie ein Idiot. Kinder schwimmen gerne. Und Enten.

Elise lächelte. »Ich auch. Wo geht man hier schwimmen?«

»Teich«, sagte ich. Warum klang ich, als ob ich nicht ganz bei Verstand wäre?

»In einem Teich?«, hakte sie nach.

Ich nickte. »Ja, wir haben einen Teich. Er ist sehr groß, fast … fast wie ein See.«

»Vielleicht gehen wir zusammen schwimmen?«

»Jetzt?«

Elise lachte. »Nein, nicht jetzt, aber bald.«

»Ja … Immer … ich meine, wann immer du willst.«

Es klopfte an der Tür.

»Herein«, sagte Elise.

Edmund trat ins Zimmer.

Meine Anwesenheit brachte ihn für eine Sekunde aus dem Takt, aber dann fing er sich sofort wieder.

»Elise«, sagte Edmund, »ich wollte nur nachfragen, ob du etwas brauchst? Ob alles zu deiner Zufriedenheit ist.« Er klang ganz wie der zukünftige Baronet von Haddock Hall.

»Es ist alles wunderbar«, sagte sie.

»Gut«, sagte er. »Heute Nachmittag gibt es unten ein kaltes Buffet. Das Dinner wird um sieben serviert.«

»Danke«, sagte sie.

»Ich hoffe ...«, begann Edmund, aber wir sollten nicht erfahren, was er hoffte.

Klonk. Klonk.

Clay erschien im Türrahmen. Sein Blick wanderte von einem zum anderen. Er lachte.

»Clay«, sagte Elise, »du hast wunderbare Neffen.«

»In der Tat«, sagte er.

Sie stand auf. »Und jetzt, meine Herren, würde ich mich gerne ein wenig ausruhen.«

23

Onestepp

Edmund und ich waren die Ersten, die zum Dinner erschienen. Mit einem *Klonk* kündigte sich Clay an. Dann Vater. Er war kaum wiederzuerkennen. Der Bart war ab, das Haar kurz. Ein weißes gestärktes Hemd. Er roch nach Aftershave. Eine kleine Schnittwunde am Kinn war die einzige Unvollkommenheit. Unbewaffnet und ohne seinen Scotch. Er wirkte nüchtern.

»Jetzt siehst du wieder aus wie mein großer Bruder«, sagte Clay.

Vater lächelte.

Es war drei Minuten vor sieben. Wir blickten alle zur Tür – bemüht unauffällig. Die Spannung im Raum war greifbar. Als Elise eintrat, schien die Luft zu vibrieren.

Ein goldgelbes Kleid. Das Haar fiel offen über ihre Schultern.

Sie setzte sich neben Clay. Der Mops rollte sich unter ihrem Stuhl zusammen.

»George, der Bart ist ab«, sagte sie.

Vater nickte. »Ja, es war Zeit.«

Lloyd und Fred servierten Pilz-Soufflé. Vaters Lieblingsvorspeise.

Fred, der tollpatschige Diener, konzentrierte sich ganz auf seine Aufgabe. Lloyd hingegen sah immer wieder zu Elise.

Pling, pling.

Elise schlug mit der Gabel gegen ihr Weinglas und stand auf.

»Meine Herren«, sagte sie, »ich möchte mich bei euch für den warmen Empfang bedanken. Ich fühle mich schon jetzt zu Hause in Haddock Hall. Ich könnte nicht glücklicher sein. Auf euch!« Sie erhob ihr Glas. Wir standen auf, erhoben ebenfalls die Gläser.

»Auf dich!«, sagte Edmund. »Auf Elise.«

»Auf Elise«, echoten wir.

Maddox bellte einmal laut. Elise lachte, und wir stimmten ein. Es war, als hätte sie das Haus und seine Bewohner aus einem langen Schlaf geweckt. Einem unruhigen Schlaf, von Albträumen geplagt.

Wir aßen, tranken und redeten durcheinander, während Speisen aufgetragen und abgeräumt wurden.

»Was hat dich nach Ostafrika verschlagen?«, fragte George Elise.

»Ein Mann. Mein damaliger Verlobter. Er hat mich nach Afrika mitgenommen. Ich … Als Frau hat man es nicht immer leicht. Man kann nicht alles selbst entscheiden. So scheint es zumindest. Oder? Na ja … Es war …«

»Ist dein Verlobter noch in Ostafrika?«, fragte Edmund.

»Oh ja. Ich glaube – nein, ich bin sicher –, dass er für immer dort bleiben wird«, sagte Elise. »Und wir sind natürlich nicht mehr verlobt.«

Clay schüttelte kurz den Kopf. Niemand außer mir hatte es gesehen. Er erhob sein Glas und sagte: »Auf den armen Dickie.«

Elise funkelte ihn an. »Warum arm?«

»Wer ist Dickie?«, fragte ich.

»Godric Dickinson. Mein Verlobter. Ehemaliger Verlobter.«

»Er hat dich sehr geliebt, Elise«, sagte Clay.

»Dickie hat Dickie geliebt. Niemanden sonst«, gab sie zurück.

»Wenn du meinst«, sagte Clay.

»Ich meine nicht, ich weiß. Und jetzt genug von Dickie.« Es war ein Befehl.

Clay nickte.

Dickie wurde nicht mehr erwähnt, aber Afrika. Clay und Elise erzählten von ihrem Leben dort. Von zwei holländischen Jägern, die sieben Giraffen erschossen haben. Sie haben sich nachts, als alle schliefen, aus dem Camp geschlichen und die Tiere abgeknallt.

»Ich habe nie etwas Traurigeres gesehen«, sagte

Elise. »Es sind gigantische Tiere. Wunderschön! Zwei waren noch Babys. Es war ein Massaker. Clays bester und treuester Träger, Siana, ein Massai, hat uns am Morgen danach verlassen. Für die Massai sind Giraffen Glücksboten.«

»Sieben«, sagte Clay. »Das war zu viel. Wir mussten das Camp verlegen. Meilenweit. Der Verwesungsgestank …«

»Danach bin ich nie wieder mit auf eine Jagd gegangen«, sagte Elise. »Ich war dort sowieso unerwünscht. Als Frau …«

Sie erzählten von Ian Cherletons Zuckerrohrplantage. Von seinem Haus. Das gesamte Mobiliar hatte Ian aus England einschiffen lassen. So wie seine Köchin, drei Zimmermädchen, zwei Diener und einen Butler.

Sie berichteten von den Schlachten des Großen Kriegs. Auch in Afrika haben Deutsche gegen Engländer und die Alliierten gekämpft. Manche Soldaten erzählten, dass sie erst Tage oder auch Wochen später vom Kriegsende erfahren hatten. Man hatte sie in der Wildnis vergessen, abgeschnitten von jeglicher Kommunikation.

»Sie hatten mehr Angst vor den Nashörnern als vor den Deutschen«, sagte Elise.

Nach dem Essen gingen wir in den Salon. Vater schenkte Scotch ein. Ein einziger Schluck in seinem

Glas, das er nach Mutters Tod immer bis zum Rand gefüllt hatte.

Elise sah das Grammophon. Eine Anschaffung, auf der Mutter bestanden hatte. »Darf ich Musik auflegen?«

»Selbstverständlich«, sagte Vater.

Elise begutachtete die wenigen Schallplatten.

»Brauchst du Hilfe?«, fragte Vater.

»Nein, wir hatten ein Grammophon in Afrika.«

Und schon erklang Scott Joplin, der »King of Ragtime«. Das Ragtime-Fieber war von Amerika nach England geschwappt. Heiter und schwungvoll. Zum Tanzen gedacht. Elise wippte.

»Wer von den Herren tanzt mit mir?«

»Ich«, sagte Edmund sofort, stand auf, legte seinen Arm um ihre Taille. Selbstbewusst, furchtlos.

Sie wirbelten durch den Raum. Maddox folgte ihnen, versuchte sich zwischen das Paar zu drängen.

Ein Stich fuhr durch mein Herz. Ich hätte schneller reagieren müssen, dann würde ich sie jetzt in meinen Armen halten. Eifersucht wuchs in meinem Bauch – wie ein Geschwür. Ich hoffte, dass Maddox meinen Bruder beißen oder dass Edmund stolpern würde.

Dann, unerwartet, löste sich Elise aus den Armen meines Bruders, kam zu mir.

»Jetzt du, Wilson«, sagte sie und nahm meine Hand. Die Eifersucht verflog. Elise hatte mich aufgefordert. Sie wollte mit mir tanzen. Ein Triumph. Ich war der Auserwählte.

Sie roch nach Iris und Sandelholz. Ich spürte die Wärme ihres Körpers. Mein Gesicht berührte ihre Haare. Ich vergaß alles um mich herum.

Ragtime. Onestepp. Die Schritte sind einfach. Der linke Fuß vor, die Dame den rechten zurück. Weicher Gang. Nicht zu nah aneinander. Nicht zu weit entfernt. Mach dich groß. Die Knie gestreckt. Fröhlich. Leicht.

Ich wollte Elise nie wieder loslassen. Es war sie, die sich von mir löste, nach einem einzigen Tanz.

»George, darf ich bitten?«, fragte sie Vater.

Er zögerte kurz. Lachte. Stand auf und verbeugte sich. Maddox knurrte, während George und Elise über das Parkett glitten.

Dann war Clay an der Reihe. Als er noch zwei Beine hatte, war er ein großartiger Tänzer gewesen. Jetzt wirkten seine Bewegungen plump. Die Anstrengung stand ihm ins Gesicht geschrieben.

Schon war Edmund wieder an der Reihe, und ich bereitete mich innerlich auf meinen nächsten Tanz vor. Aber Elise marschierte in die entgegengesetzte Richtung. Halb versteckt hinter einer großen Porzellanvase stand Lloyd. Ich fragte mich, ob der Butler schon die ganze Zeit dort gestanden hatte.

»Darf ich um den nächsten Tanz bitten, Lloyd?«, fragte Elise.

Der Butler gestikulierte wild mit seinen Händen, schüttelte den Kopf. So hatte ich Lloyd noch nie erlebt. Nichts konnte diesen Mann normalerweise aus der Ruhe bringen. Und jetzt sah er aus wie ein durchgedrehter Kakadu.

»Lloyd, tanzen Sie!«, rief Clay. »Elise wird nicht aufgeben.«

Und so tanzten der Butler und Elise. Er bewegte sich eleganter, als man es bei seiner Leibesfülle vermuten würde.

Es war der letzte Tanz des Abends, aber wir saßen noch lange im Salon. Tranken Scotch, redeten. Seichte Themen. Wie der *Onestepp*. Fröhlich und leicht.

Erst nach Mitternacht stand Elise auf. »Meine Herren, ich bin schrecklich müde. Ich werde jetzt zu Bett gehen.«

Als sie und Maddox den Salon verließen, fühlte sich der Raum mit einem Mal leer an. Das Gespräch verstummte.

»Es ist spät«, sagte Vater.

Clay gähnte. »Ja. Es ist spät.«

24

Sirenen

Ich konnte nicht schlafen. Vor meinem geistigen Auge ließ ich den Abend Revue passieren. Wem hatte Elise die meiste Aufmerksamkeit geschenkt? Wen mochte sie am liebsten?

Mein Vater war der Baronet von Haddock Hall, ihm gehörte alles.

Meinem Bruder würde einmal alles gehören.

Clay und Elise verband Afrika. Sie hatten eine gemeinsame Vergangenheit.

Was hatte ich ihr zu bieten? Was verband uns? Irgendwann schlief ich ein. Ein traumloser, kurzer Schlaf.

Am nächsten Morgen waren nur Vater und Clay im Frühstückszimmer. Vater las Zeitung, er blickte auf, als ich eintrat. Clay aß gebratene Eier.

»Guten Morgen«, sagten beide.

»Guten Morgen.«

Ich setzte mich. »Wo ist Edmund?«, fragte ich, weil ich mich nicht traute zu fragen, wo sie war.

»Dein Bruder und Elise sind mit dem Bentley unterwegs«, sagte Clay.

»Er zeigt ihr die Ländereien«, fügte Vater hinzu.

»Aha.« Ich versuchte gleichgültig zu klingen, obwohl Eifersucht mich zerfraß. »Wann … wann sind sie losgefahren?« Ich nahm mir eine Tasse Tee. Hunger hatte ich keinen mehr.

»Vor etwa einer Stunde«, sagte Clay. Er verschlang ein letztes Stück Toast. »Wenn du gegessen hast, kommst du mit mir«, sagte er mit vollem Mund.

»Wohin?«

»Den guten Moorland besuchen.«

Ich nickte. So würde wenigstens die Zeit schneller vergehen. Ich trank eine halbe Tasse Tee. »Wenn du willst, können wir los.«

»Kein Frühstück?«, fragte Clay.

»Nein.«

»Na dann.«

Ich folgte ihm.

Klonk. Klonk.

Moorland schien seinen alten Herrn wiederzuerkennen. Das Tier hob seinen Kopf und wieherte.

»Moorland. Mein guter Moorland.« Clay trat in die Box. »Wir haben uns lange nicht gesehen.« Er umarmte das Pferd, streichelte es.

Der Stallbursche war nicht da. Clay beauftragte mich, Moorland zu satteln. Vorsichtig legte ich dem Pferd das Zaumzeug an und führte es aus der Box.

»Du hast noch immer Angst vor Moorland, he?«

»Ein bisschen«, gab ich zu und holte den Sattel.

»Ich dachte, du hättest sie überwunden. Deine Angst. Erinnerst du dich, als wir … ach, du warst noch ein kleiner Junge. Wir sind zusammen ausgeritten.«

»Ja«, sagte ich. Ich schnallte den Ledergurt fest.
Klonk. Klonk.

Clay holte einen Schemel. »Hilf mir«, sagte er, stellte sich auf den Schemel und hievte sich auf das Pferd, während ich ihn mit beiden Armen anschob.

»Komm!«, sagte er, als er im Sattel saß.

»Ich …«

»Hoch mit dir«, sagte Clay.

Ich gehorchte und klettere hinter Clay. Wir hatten kaum Platz.

»Sind wir nicht zu schwer?«

»Nein«, sagte Clay.

Im Schritttempo ritten wir los. Mein Hintern tat weh. Er hing halb über dem Sattel.

Als wir das Ufer des Teichs erreichten, zog Clay die Zügel an. Moorland blieb stehen.

»Ich muss absteigen. Meine Beine schlafen ein«, sagte ich und sprang ab.

»Hilf mir«, sagte Clay.

Ich stützte ihn, während er sich vom Sattel hangelte.

»Puh«, machte Clay, als er mit einem Bein und dem Holzstumpf auf dem Boden stand.

Wir setzten uns ins Gras, blickten auf das Wasser. Moorland stupste Clay sanft an die Schulter, als wollte er fragen: Warum hockst du da unten? Warum galoppieren wir nicht wie früher über die Ländereien?

»Es hat sich eine Menge verändert«, sagte Clay zu mir, vielleicht auch zu Moorland.

»Ja. Es war schlimm. Papa … Er hat getrunken – eine Menge, jeden Tag. Er hat nicht gesprochen … Der Bart … Er hat auf den Hund geschossen im Haus, deshalb haben fast alle Dienstboten gekündigt. Und er kümmert sich nicht um das Anwesen, deshalb ist Edmund wütend. Aber seitdem du wieder da bist … scheint Papa wieder normal zu sein.«

Clay lachte. »Das hat wohl mehr mit meiner Begleitung zu tun als mit mir.«

Hier war meine Chance. »Ist sie … seid ihr ein Paar?«

»Mmhh … Manchmal ja. Manchmal nein.«

»Und seid ihr im Moment ein Paar?«

Clay überlegte. »Ich weiß es nicht.«

»Sie ist … sehr interessant und hübsch und … anders.«

»Sie ist gefährlich«, sagte Clay.

»Gefährlich?«

»Manchmal glaube ich, dass Sirenenblut durch ihre Adern fließt.«

»Die Sirenen aus der Odyssee?«

Er nickte.

»Kann sie singen?«, fragte ich.

Clay lachte. »Nein. Wahrlich nicht.«

»Dann müssen wir keine Angst haben«, sagte ich und lachte auch.

Einen Moment schwiegen wir.

»Und?«, fragte Clay. »Hat der Zweitgeborene sich entschieden, was er sein will? Was er werden will?«

Ich deutete auf mich.

»Ja, du«, sagte Clay.

»Nicht wirklich …«

In der Ferne war Motorengeräusch zu hören.

»Der Bentley«, sagte Clay. »Gehen wir zurück.«

»Soll ich dir aufs Pferd helfen? Ich kann laufen.«

Clay schüttelte den Kopf. »Ich laufe auch. Es ist … Es wird schon wieder. Alles eine Sache der Übung. Bald werde ich mich auf Moorland schwingen wie früher.«

Clay hakte sich bei mir ein. Moorland lief voraus, drehte um, trabte auf uns zu. Lief voraus, drehte um. So bewegte sich unsere kleine Prozession Richtung Haus.

Der Bentley stand vor der Garage.

Als wir die Eingangshalle betraten, drangen Stimmen und Klaviermusik aus dem Salon.

Edmund saß am Klavier. Mozart. »Sonate Nr. 11 in A-Dur.«

Selbstbewusst, fehlerfrei ließ er seine Finger über die Tasten gleiten.

»Mehr Leidenschaft, mehr Leidenschaft!«, pflegte

unsere Klavierlehrer Edmund zu sagen. Und dann verdunkelte sich der Blick meines Bruders, und er haute fester in die Tasten. »Edmund! Leidenschaft, nicht Wut!«, rief der Lehrer.

Elise lehnte am Flügel, Maddox lag zu ihren Füßen. Vater saß auf einem Sessel.
Der letzte Ton verklang. Wir klatschten.
Elise sah mich an. »Wilson, kannst du auch spielen?«
»Nicht gut.«
»Los«, sagte sie, »ich will es hören.«
Edmund machte Platz. Ich setzte mich an den Flügel.
Beethoven. »Für Elise.«
Es heißt, dass Beethoven das Stück für Therese Malfatti komponiert hat. Ein Musikwissenschaftler hat das Notenblatt nach Beethovens Tod gefunden. Er konnte nicht alle Buchstaben der Widmung erkennen. Nur die letzten beiden, »se«, und daraufhin hat er es willkürlich *Für Elise* genannt.
Ich möchte glauben, dass es Elise gab. Eine Elise wie diese, wie meine, wie unsere Elise. Eine Sirene, die nicht singt. Gefährlich.
Ich verspielte mich ein paarmal, meine Finger bewegten sich zu langsam. Aber Elise applaudierte laut, als ich fertig war.

25

Leopard

So vergingen die ersten Wochen mit Elise. Wir waren alle hellwach. Mit geschärften Sinnen streiften wir durch das Haus, immer auf der Suche nach ihr.

Wo Elise war, versammelten wir uns.

Die Nächte hatten neue Geräusche. Wir – Vater, Clay, Edmund und ich – begegneten einander öfters auf den Gängen. Erfanden Ausflüchte, warum wir nicht in unseren Betten lagen. Plötzlicher Hunger, etwas im Salon vergessen – ohne dieses Etwas genau zu benennen –, ein dringendes Bedürfnis, sich um 3 Uhr morgens die Beine zu vertreten.

Wir wussten, dass wir logen, dass wir alle das Gleiche wollten: Unseren Kopf an die Tür des roten Zimmers legen. Ihren Atem hören. Ihr nah sein.

Jeden Abend zog ich Bilanz.

Ich zählte, wie oft sie mich angesehen, das Wort an mich gerichtet hatte. Wie viel Zeit sie mit mir allein verbracht hatte. Wie oft sie mich berührt hatte – ein zufälliges Streifen unserer Arme, ihre Hand auf meinem Ellbogen, wenn sie etwas erzählte. Zählte, wie oft sie mit mir getanzt, meinen Namen genannt hatte.

Es gab Tage, an denen ich glaubte, dass sie mich allen anderen vorzog. Und es gab Tage, an denen ich mich vernachlässigt fühlte. Wenn das Herz wehtat, wurde ich mit einem Lächeln, einer Geste, einer Umarmung versöhnt.

Ein heißer Spätsommernachmittag. Elise fragte mich, ob ich mit ihr schwimmen gehen wollte. Schnell holte ich Badetücher und meinen Badeanzug. Im Stechschritt durchs Haus. Ich, Elise und Maddox. Ich wollte keinem der anderen begegnen, aus Angst, dass sie sich uns anschließen würden.

In der Eingangshalle stießen wir auf Lloyd.

»Ah, Wilson, Elise. Wohin des Weges?«, fragte er. Sah kurz mich, dann Elise an.

»Zum Teich«, sagte ich.

»Ein herrlicher Tag, um ins Wasser zu springen.« Er klang wehmütig.

Ich nickte und ging weiter, aber Elise blieb stehen.

»Kommen Sie doch mit, Lloyd. Springen Sie ins Wasser.«

Der Butler lachte traurig. »Das wäre schön«, sagte er, machte kehrt und verschwand.

Ich war versucht, Elise zu erklären, dass es sich nicht schickte, einen Butler zum Schwimmen einzuladen. Aber sie hätte mich wahrscheinlich ausgelacht. Elise scherte sich nicht um Konventionen.

Elise und Maddox folgten mir. Wir liefen nebeneinander her, Maddox dicht hinter uns. Elises Haare glänzten golden in der Sonne.

Wenn ich mit ihr allein war, hatte ich stets das Bedürfnis, sie zu beeindrucken. Oder sie zumindest nicht zu langweilen. Ich wollte, dass sie sich gut unterhalten fühlte.

Meine Mutter hatte mir einmal gesagt, dass es wichtig sei, Menschen Fragen zu stellen und ihnen zuzuhören, ihnen richtig zuzuhören.

»Vermisst du Afrika?«, fragte ich.

»Bestimmte Dinge«, sagte sie.

»Was zum Beispiel?«

Elise erzählte von einem Leoparden, der einen der englischen Gäste von Ian angegriffen hatte, als dieser nachts allein auf der Veranda saß.

»Er hieß Tom. Ein guter Freud von Ian und Dickie, fast wäre er gestorben. Man hat ihn wieder zusammengeflickt. Aber von da an hatten alle Angst. Einige der Männer versuchten, den Leoparden zu erschießen. Er kam jede Nacht zur Zuckerrohrplantage, ganz in die Nähe des Hauses. Und die Gewehre knallten, aber keiner erwischte ihn. Ich weiß nicht, warum, aber ich hatte keine Angst. Manchmal saß ich nachts allein auf der Veranda und sah das

Tier. Und es sah mich. Wir beobachteten uns. Und eines Nachts sind wir aufeinander zugegangen. Als uns nur noch wenige Schritte voneinander trennten, blieben wir stehen und schauten einander an. Wir blickten uns direkt in die Augen. Dann wandte der Leopard sich ab und trabte davon.«

Ich wusste nicht, was sie vermisste. Den Leoparden? Die Zuckerrohrplantage? Die afrikanischen Nächte? Die Gefahr?

Bevor ich nachhaken konnte, sagte sie: »Alle hatten Angst, nur ich nicht. Das war … Ich habe mich unendlich lebendig gefühlt in Afrika.«

»Ist das nicht mehr ein Zustand als ein Ort?«, fragte ich.

»Ja. Aber vielleicht sind sie voneinander abhängig – der Zustand und der Ort.«

»Du hast keine Angst vor Leoparden … Wovor hast du Angst?«

Elise lachte laut. »Das werde ich doch nicht verraten! Wilson, du darfst niemals jemandem verraten, wovor du Angst hast.«

»Aber seinen Freunden kann man doch sagen, wovor man Angst hat.«

Sie schüttelte den Kopf. »Niemandem!«

Wir standen am Ufer des Teichs. Ich breitete die Badetücher aus. Maddox legte sich hin. Glücklich und zufrieden war der kleine Hund. Voneinander abgewandt zogen wir unsere Schwimmsachen an.

Sie trug ein elfenbeinfarbenes Leinenhemd mit passender kurzer Hose. Ich einen marineblauen Badeanzug, der ein wenig zu groß war.

Wir wateten durch die Schlingpflanzen und Rosen, bis wir tieferes Wasser erreichten. Schwammen, tauchten. Unter der Wasseroberfläche legte sie ihre Arme um mich. Wir tauchten auf, aneinandergeklammert. Nur unsere Beine bewegten sich. Elise küsste mich. Ihre Lippen auf meinen. Ein flüchtiger Augenblick. Dann ließ sie mich los. Tauchte unter und einige Meter von mir entfernt wieder auf.

»Wilson«, rief sie lachend. »Lass uns um die Wette schwimmen. Wer zuerst am Ufer ist!«

Sie gewann mühelos. Ich versuchte nicht einmal, sie einzuholen. Während ich noch im Wasser war, stand sie am Ufer. Das nasse Hemd klebte an ihrem Körper. Maddox tanzte um sie herum wie der Krieger eines fremden Stammes, der seine Gottheit beschwor.

Wovor hatte ich Angst?

Ich hatte Angst, dass sie ebenso unerwartet, wie sie in Haddock Hall erschienen war, wieder verschwinden könnte.

Ich hatte Angst, dass sie ihr Herz einem anderen schenkte. Clay, Vater, Edmund.

Wir lagen nebeneinander auf den Badetüchern, zu ihren Füßen der Hund.

»Du hast mich geküsst«, wollte ich sagen, um den

Kuss in der Wirklichkeit zu verankern. Aber die Worte kamen nicht über meine Lippen.

Ich wollte meinen Arm ausstrecken, ihre Schulter berühren, aber ich wagte es nicht.

Ich hoffte, dass sie etwas sagen oder mich noch einmal küssen würde. Vergeblich.

Ich drehte mich auf die Seite, sah Elise an. Sie lag auf dem Rücken, die Augen geschlossen.

»Was?«, fragte sie belustigt, ohne die Augen zu öffnen.

»Ich …«

»Du starrst mich an«, sagte sie.

Sie war eine Gottheit, sie konnte mit geschlossenen Augen sehen.

26
Opfer

Vater kümmerte sich wieder um die geschäftlichen Angelegenheiten von Haddock Hall, mit Edmund an seiner Seite. Aber der Baronet und sein Erbe hatten unterschiedliche Auffassungen darüber, wie die Zukunft des Anwesens gesichert werden sollte. Edmund wollte in Londoner Immobilien investieren und die Verträge mit den Pächtern neu verhandeln. Die Höhe der Pacht maß sich an der Einnahme der Ernte, und Edmund fand, dass die Pacht unabhängig vom Gewinn sein sollte. So wie es andere Landbesitzer handhabten.

Vater wollte von neuen Pachtverträgen ebenso wenig wissen wie von Immobiliengeschäften. Londoner Wohnhäuser für Arbeiter zu kaufen und zu vermieten war seiner Meinung nach nicht standesgemäß.

Vater gewann den Disput, indem er Edmund in seine Schranken wies. »Wenn ich tot bin, kannst du tun, was du willst. Aber noch bin ich der Baronet. Noch lebe ich. Ich treffe hier die Entscheidungen!«

Also änderte sich nichts, was die Verwaltung des Anwesens und neue Investitionen anging. Haddock

Hall machte Verluste. Vater behauptete, dass man schwierige Zeiten ertragen musste. Mit hocherhobenem Haupt und Nerven wie Drahtseile.

Clay und ich – die Zweitgeborenen – mischten uns nicht ein. Die ganze Diskussion erschien mir abstrakt, ich konnte mir nicht vorstellen, dass wir Haddock Hall jemals verlieren würden. Schlechte Zeiten bedeuteten weniger Angestellte, keine Feste. Wir hatten sowieso kaum Personal, und Feste hatte es seit Mutters Tod auch nicht gegeben. Selbst wenn wir einen Teil der Ländereien irgendwann verkaufen mussten, was machte das schon?

Nach einem hitzigen Streit mit Vater stürmte Edmund aus dem Arbeitszimmer. Ich stand in der Eingangshalle und hoffte, dass Elise bald auftauchen würde. Sie war nach dem Frühstück in ihr Zimmer gegangen.

»Wilson«, sagte Edmund, »komm mit.«

»Wohin?«

»Raus.«

Ich folgte ihm. Mein Bruder war aufgebracht. Wir liefen die Allee entlang, er einen halben Schritt voraus. Er führte mich auf den Friedhof, ging aber nicht zum Grab unserer Mutter, sondern zu Oliver Haddocks Grab, dem dritten Baronet.

»Du weißt, wer das war?«

Ich nickte. »Er ... er war ein Spieler und ein Trinker.«

»Genau, er war dabei, Haddock Hall zu ruinieren, alles zu verlieren. Und weißt du, wie er gestorben ist?«

»Er ist die Treppe runtergestürzt.«

Edmund griff meinen Ellbogen und führte mich zu einem anderen Grab. »Weißt du, wer *das* war?«

»Willow, seine Frau«, sagte ich.

Edmund nickte. »Sie hat ihn die Treppe hinuntergeschubst. Es war kein Unfall.«

Ich sah meinen Bruder ungläubig an.

»Um Haddock Hall zu retten«, fuhr er fort. »Archie, unser Großvater, war noch ein Kind, als er der vierte Baronet wurde.«

»Woher weißt du das? Dass sie ihn … dass Willow …«

»Ich weiß es einfach.«

Plante Edmund, unseren Vater die Treppe hinunterzuschubsen, weil er nicht in Londoner Immobilien investieren wollte? Weil sie unterschiedlicher Meinung waren?

»Papa ist kein Spieler, und er hat nur so viel getrunken, weil er … weil Mutter tot ist. Du kannst nicht ernsthaft …«

Edmund sah mich entnervt an. »Alles, was ich sage, ist, dass unsere Vorfahren unbeschreibliche Dinge getan haben, um den Fortbestand von Haddock Hall zu sichern. Sie haben Opfer gebracht.«

»Du machst mir Angst.«

»Wilson, ich bin einfach nur wütend. Vater sieht nicht, dass sich die Zeiten geändert haben. Das Immobiliengeschäft boomt. Ich verstehe ihn nicht.«

»Du könntest eine vermögende Frau heiraten«, sagte ich. So wurden viele Anwesen gerettet.

Er schüttelte den Kopf. »Die Frau, die ich heiraten will, ist nicht vermögend.«

Ich schluckte. Er musste ihren Namen nicht aussprechen. Seit unserem Nachmittag am See war ich sicher, dass Elise mich allen anderen vorzog. Sie hatte mich geküsst. Und fast hätte ich es laut ausgesprochen, ihm ins Gesicht geschrien: *Sie hat mich geküsst. Mich. Mich!*

»Wenn sie nicht vermögend ist, dann muss sie aber standesgemäß sein«, sagte ich. »Du bist der Erstgeborene.«

Edmund sah mich an. »Ich weiß, aber …« Er sprach nicht weiter.

»Aber?«, drängte ich.

Edmund schüttelte Kopf. »Nichts.«

Ich wandte mich von ihm ab und ging zu dem Grab unserer Mutter. Berührte die steinerne Dame mit den ausgebreiteten Armen. Zu ihren Füßen lagen frische Blumen. Edmund stand neben mir. Wenn wir uns gestritten haben, hatte sie immer zu uns gesagt: »Ihr müsst aufeinander achtgeben. Euch lieben. Euch beschützen. Ihr seid Brüder. Ihr seid eins. Es wird nie jemanden geben, der euch besser kennt als ihr einander. Ihr kanntet euch schon vor eurer Geburt.«

»Ich vermisse sie«, sagte ich.

»Ich auch«, sagte Edmund.

»Manchmal vergesse ich, dass sie tot ist, und ich suche sie, warte darauf, dass sie zurückkommt ... An anderen Tagen ist es, als ob es sie nie gegeben hat. Als ob es immer so war, wie es jetzt ist. Vater, Clay, du, ich und Elise ...«

»Elise«, sagte er. Nur ihren Namen.

»Elise«, sagte ich.

27

Newmarket

Es war Herbst. Edmund und Vater waren krank. Schwere Erkältung, Fieber. Sie lagen in ihren Betten. Das Zimmermädchen Katie brachte ihnen Hühnersuppe und Tee. Lloyd sah regelmäßig nach den Kranken, fragte, ob man den Arzt kommen lassen sollte. Beide versicherten, dass sie sich schon wieder besser fühlen würden.

So saßen wir nur zu dritt am Frühstückstisch. Ein Teufel in mir wünschte sich, dass auch Clay krank werden würde.

»Wie wäre es mit einem Ausflug?«, fragte Clay. Er sah Elise, dann mich an.

»Wohin?«, fragte ich.

»Newmarket. Morgen findet das Cesarewitch-Rennen statt. Wir fahren heute hin, übernachten bei meinen Freunden und gehen dann morgen zum Rennen.«

Wir packten jeder eine kleine Reisetasche. Clay sprach mit Lloyd, bat ihn, sich um Vater und Edmund zu kümmern, und gab ihm die Telefonnummer der Harpers. Für alle Fälle.

Ich hatte ein schlechtes Gewissen. Was wäre, wenn sich ihr Zustand verschlechterte? Schnell verdrängte ich diesen Gedanken. Sie waren bei Lloyd gut aufgehoben.

Ein kurzer Ausflug. Ein oder zwei Nächte.

Wir nahmen den Rolls-Royce. Ich durfte fahren, Clay saß neben mir, Elise und Maddox saßen auf der Rückbank. Clay hatte sich einen Gehstock angeschafft – schwarzes Ebenholz, silberner Knauf –, nachdem er gefallen war. Er hatte das Gleichgewicht verloren. Auf der letzten Treppenstufe.

Unser Hausarzt hatte Clays Beinprothese nach dem Sturz begutachtet. Ein belgischer Tischler in Mombasa hatte sie für ihn angefertigt. Lackiertes Holz, das nach unten hin breiter wurde. Anstelle eines Fußes ein quadratischer Sockel. Dr. Fincher hatte Clay gesagt, dass es bessere Prothesen gebe. Aber Clay hatte den Kopf geschüttelt. Er habe sich an diese gewöhnt. Und dann hat er einen Gehstock gekauft.

Clays Freunde, Pixie und Ted Harper, waren über siebzig und freundlich verschroben. Beide hatten silbernes kinnlanges Haar. Von hinten hätte man sie verwechseln können. Pixie war geschminkt, Lippen und Wangen grellorange, die dick aufgetragene Wimperntusche bröckelte. Das pinke formlose Kleid biss sich mit dem Orange ihrer Lippen. An jedem Finger ein Ring mit großen Steinen, eine schwere goldene Halskette, passende Ohrringe. Ted in einem dunklen, leicht zerknitterten Anzug, der einzige Farbtupfer war eine große gelbe Fliege.

Sie begrüßten Clay wie einen verlorenen Sohn. Umarmten ihn abwechselnd fest. Pixie küsste seine Wangen. Rechts, links, rechts, nahm sein Gesicht in ihre Hände. Sah ihn an.

»Ach, Junge! Ach, Junge«, sagte sie.

Dann war Ted an der Reihe, zog ihn an sich. Als er Clay losließ, betrachtete er ihn. Sein Blick fiel auf den Gehstock, dann auf das rechte Hosenbein.

»Das Bein ist weg«, sagte Ted. Seine Stimme war hoch und leicht schrill.

»Yup«, sagte Clay.

»Herrje«, sagte Pixie.

»Ist in Afrika geblieben.« Clay lachte.

Dann stellte er uns vor. Die Harpers umarmten auch Elise und mich wie alte Freunde. Das Haus im Tudorstil, wesentlich kleiner als Haddock Hall, war vollgestellt mit Möbeln und allerlei Schnickschnack. Porzellanfigürchen, Vasen, Statuen aus Bronze und Kupfer. Wertvolles mischte sich mit Plunder. Alles überzogen von einer dicken Staubschicht. Alte Zeitungen und aufgeschlagene Bücher auf Beistelltischchen und Stühlen.

Sie führten uns in das Speisezimmer. Ein Diener, der noch älter war als das Paar selbst, servierte mit zittriger Hand eine Art Eintopf.

Pixie streichelte Maddox und erzählte, dass Napoleons erste Frau Josephine auch eine Mops hatte. Fortune hieß er. Und dass der Kaiser der Franzosen eifersüchtig auf das Tier gewesen sein soll.

Der Diener schenkte Wein nach. In Zeitlupe, wie es schien. Ich verspürte den Drang, ihm zu helfen. Während er mein Glas füllte, bedankte ich mich überschwänglich. Er sah mich an, als ob ich ein Idiot wäre.

Pixie erhob ihr Glas. »Clay, es ist ein Geschenk, dich wiederzusehen. Auf Clay!«

»Auf Clay!«, echoten wir.

Dann sprach Ted: »Wir dachten, du seiest tot. Wir haben gehört, was sich auf Ian Cherletons Plantage zugetragen hat.«

Ich sah, wie sich Clays Haltung versteifte und seine Wangen sich röteten. »Was ... was habt ihr gehört?«, fragte er.

»Dass Afrikaner, Einheimische, Ian und seine Gäste getötet haben, dass sie überfallen wurden auf dem Weg nach Hause.«

»Das ist ja ... schrecklich. Das muss nach unserer Abreise passiert sein«, sagte Clay.

»Es soll mehrere Tote gegeben haben. Wir dachten, dass du ...« Ted hielt inne.

»Wir haben unterschiedliche Dinge gehört. Mal waren es zwei Tote, mal vier. Und ganz genau weiß es anscheinend niemand. Man hat die Leichen nicht weit entfernt von der Plantage gefunden«, sagte Pixie.

»Und es waren Einheimische?«, fragte Clay.

Pixie und Ted nickten.

»Ian war nicht besonders nett zu ihnen«, sagte Elise und zuckte mit den Schultern.

Clay blickte Elise missmutig an.

»Ist doch wahr, oder?«, verteidigte sie sich.

»Ja«, sagte Clay tonlos.

Ted lachte unvermittelt. »Wir kannten seine Eltern. Früher … Ian war noch ein Kind. Und er war ein gemeiner kleiner Kerl. Ich glaube, selbst seine Eltern mochten ihn nicht.«

Triumph in Elises Gesicht.

»Woher … Wer hat euch das erzählt?«, fragte Clay.

»Jack Packer«, sagte Ted. »Er hat es von jemand anderem gehört. Von … ich habe es vergessen.«

»Schrecklich«, sagte Clay, »schrecklich.«

Nach dem Essen saßen wir noch lange im Salon beisammen und tranken süßen Likör. Die Zuckerrohrplantage wurden nicht mehr erwähnt. Es ging um Pferde und Pferderennen. Um Clays wilde Nächte in Newmarket, bevor er nach Afrika gereist war.

Pixie erzählte von Herzen, die der junge Clay gebrochen hatte. Von verheirateten Damen, die bereit gewesen waren, Mann und Kinder für Clay zu verlassen.

»Alles nicht meine Schuld. Ich habe nichts getan«, sagte Clay lachend.

Während die Harpers und er in Erinnerungen schwelgten, betrachtete ich Elise. Sie saß auf einem rosa-weiß gestreiften Sessel, auf ihrem Schoß lag Maddox.

Sie sah aus wie eine Königin. Der Sessel ein Thron und der Mops ihr geliebter Hofnarr. Ihre Gedanken schienen weit weg zu sein. Vielleicht in Afrika?

Als wir eine ganze Flasche Likör geleert hatten, zeigte uns Pixie unsere Zimmer. Das Zimmer, das mir zugeteilt wurde, war ebenso vollgestopft wie die anderen Räume. Ein Bett, vier Sessel, ein Sofa, drei Schränke, fünf Tischchen. Auf einem stand ein Globus, auf den anderen stapelten sich Zeitungen. Ein Regal mit winzigen Kristallpferden und getrockneten Blumensträußen. An den Wänden Kupferstiche, die die Geschichte von Orpheus und Eurydike erzählten.

Die Hochzeit. Eurydike, die von einer Schlange gebissen wird. Orpheus mit einer Lyra und schmerzverzerrtem Gesicht. Orpheus in der Unterwelt, hinter ihm Eurydike. Und dann: Orpheus dreht sich um.

Ich bahnte mir meinen Weg zum Bett. Es war weich und bequem. Die Kissen rochen nach Veilchen. Gedämpfte Stimmen drangen vom Nachbarzimmer, in dem Clay einquartiert worden war, zu mir. Ich legte mein Ohr an die Wand. Erkannte die Stimmen. Clay und Elise. Was sie sagten, konnte ich nicht ausmachen. Der Wortwechsel dauerte ein paar Minuten. Dann öffnete und schloss sich die Tür. Schritte. Stille.

Ich dachte an die Morde in Afrika und was für ein Glück es war, dass Clay und Elise schon abgereist waren.

Mein erster Gedanke. Dann versuchte ich mich an den genauen Wortlaut des Gesprächs zu erinnern.

Ein Lied mit vielen falschen Tönen.

Elise – ungerührt. Selbst wenn Ian kein netter Mensch gewesen war, immerhin hatte sie in seinem Haus gelebt. Und die anderen Toten? Einer von ihn war vielleicht Dickie? Und auch wenn Dickie kein netter Mensch gewesen war – sie waren einmal verlobt.

Clay hatte »Schrecklich, schrecklich« gesagt, aber in dem »Schrecklich« hatte ich kein Mitleid gehört.

Ich fiel in einen traumlosen Schlaf.

28
Bracket

Das Cesarewitch fand jedes Jahr im Herbst statt. Das erste Rennen wurde 1839 zu Ehren des russischen Thronfolgers, des »Zarewitchs«, und späteren Zaren Alexanders des II. veranstaltet. Das Galopprennen ging über eine Distanz von 3621 Metern.

Pixie und Ted kamen mit zur Rennbahn. Auf den Tribünen hatten bereits viele Menschen Platz genommen. Ted führte unsere Gruppe an. Wir erinnerten ein wenig an einen Trupp entlaufener Zirkusartisten: Ted in einem moosgrünen Samtanzug und mit roter Fliege. Pixie in einem türkisen wallenden Gewand, schwarz geschminkte Katzenaugen, knallroter Lippenstift. Elise, die schöne Elise, mit dem Mops auf dem Arm. Dahinter der einbeinige Clay. Und dann ich, der etwas langweilige Neuling.

Ted zeigte uns als Erstes den Wettschalter. Zweiunddreißig Pferde würden heute antreten. Wir setzten alle ein paar Pfund auf verschiedene Pferde. Trafen unsere Wahl spontan, weil uns ein Name oder eine Startnummer gefielen.

Nur Ted wusste mehr über die Tiere. »Sie wird gewinnen. Bracket«, sagte er. »Sie ist eine Nachkommin von St. Simon, er war ein großartiger Hengst. Einer der besten. Hat ein Rennen nach dem anderen gewonnen. Ungeschlagen ... Und er war ein sensationeller Deckhengst. 423 Fohlen.« Ted lachte. »Brackets Mutter war eines der Fohlen, Simonath. Und Bracket sieht aus wie ihr Großvater. Fast so wichtig wie das Pferd ist der Jockey. Und heute reitet Steve Donoghue Bracket. Steve ist phänomenal. Zweifacher Tripple-Crown-Gewinner. Das Publikum liebt ihn, aber Besitzer und Trainer haben Vorbehalte. Er macht, was er will. Wenn er irgendwo eine bessere Chance witterte, verlässt er sein Team.«

»Woher weißt du das alles?«, fragte ich.

»Ich liebe Pferde ... Pferderennen. Hat mich reich gemacht.«

Ted setzte hundert Pfund auf Bracket.

»Habe ich auf Bracket gesetzt?«, fragte Elise und sah auf ihren Zettel. Sie lächelte. »Ja.«

Ich hatte auf ein Pferd mit dem Namen Greek Scholar gesetzt.

Wir steuerten die Tribüne an. Clay traf einen Bekannten und blieb stehen, wir marschierten weiter. Dann begannen die Harpers eine Unterhaltung mit einem jungen Ehepaar. Elise und ich gingen allein weiter. Nebeneinander.

»Soll ich ihn nehmen?«, fragte ich und deutete auf den Hund auf ihrem Arm.

Sie schüttelte den Kopf. »Das würde er nicht mögen.«

Ich nickte.

»Glaubst du, dass Dickie auch tot ist?«, fragte ich unvermittelt.

Elises Augen funkelten mich an. »Warum fragst du das?«

»Ich … weil … Wenn Dickie mit Ian … Er könnte auch tot sein, oder?«, stammelte ich und wünschte augenblicklich, ich hätte das Thema nicht angeschnitten.

Aber es war zu spät. Elise verlangsamte ihren Schritt, blieb stehen.

»Und woher soll ich das wissen? Bin ich dort? Bin ich dabei gewesen? Woher soll ich das wissen?« Ihre Worte knallten wie Peitschenhiebe.

Nur mit Mühe hielt ich ihrem Blick stand.

»Nein … Entschuldigung … Ich wollte nicht … Ich bin nur froh, dass Clay und du … dass ihr nicht da wart. Dass ihr hier seid.«

Sie schwieg einen Moment, dann hellte sich ihr Gesichtsausdruck wieder auf. »Ach, Wilson, ich will davon einfach nichts hören. Wenn man über Dinge nicht spricht, dann ist es so, als wären sie nicht passiert«, sagte sie sanft und ging weiter.

Ich zögerte, dachte nicht mehr an das Massaker

in Afrika, sondern an unseren Kuss – den einen Kuss im Wasser –, den wir danach nie erwähnt hatten. Nicht mit einem Wort. Hatte Elise den Kuss längst vergessen? Oder schlimmer noch: ihn durch Schweigen ungeschehen gemacht?

Ich setzte mich in Bewegung, hatte sie wieder eingeholt. Ich musste es tun, auch auf die Gefahr hin, sie wütend zu machen oder von ihr durch einen Blick, eine Geste verletzt zu werden.

»Wir haben uns geküsst«, sagte ich laut.

»Was? Wer hat wen geküsst?«, fragte sie verwundert.

»Du … Du mich. Im Sommer. Im Wasser.«

Elise lachte, sah mich an, wie man ein hässliches, aber doch niedliches Haustier ansieht. »Ja«, sagte sie. »Das habe ich.«

Ich wollte vor Freude aufheulen, mehr Worte finden, die den Kuss für immer in der Wirklichkeit manifestieren würden.

»Elise, Wilson, da seid ihr ja!« Clay drängte sich zwischen uns. Ich sagte nichts mehr.

Dann begann das Rennen.

Als die Pferde losgaloppierten, saß niemand mehr auf seinem Platz. Die Zuschauer – und wir mit ihnen – drängten nach vorne zur Absperrung, riefen die Namen ihrer Favoriten, applaudierten. Ich wusste nicht mal, welches Pferd Greek Scholar war, aber während der knapp vier Minuten, die das

Rennen dauerte, vergaß ich alles. So wie die Menschen um mich herum. Ich rief: »Greek Scholar! Komm, schneller!«

Vier lange Minuten. Ein ganzes Schauspiel in vier Minuten. Bracket siegte. Greek Scholar wurde immerhin Dritter. Ich freute mich so sehr über diesen dritten Platz, dass Clay und Ted lachten.

Elise hatte Maddox auf den Boden gesetzt und umarmte Ted. »Bracket hat gewonnen!«, rief sie.

Auf dem Weg zum Schalter, wo Ted und Elise ihre Gewinne abholen wollten, klopften sämtliche Leute Ted auf die Schulter. Bedankten sich bei ihm für den Tipp.

»Ich verderbe mir immer die Quote«, sagte er lachend.

Gleich nach dem Rennen machten wir uns auf den Weg zurück nach Haddock Hall. Wir verabschiedeten uns mit Umarmungen und Küssen von Ted und Pixie. Clay versprach, bald wiederzukommen. Ich fuhr. Clay saß wieder neben mir. Er starrte aus dem Fenster, wehmütiger Blick.

»Alles in Ordnung?«, fragte ich ihn.

»Als ich das letzte Mal hier war, hatte ich noch zwei Beine.«

29

Mistelzweig

Es war das erste Weihnachten ohne Mutter. Die Feier für die Pächterkinder würde in diesem Jahr nicht stattfinden. Aber wir schickten ihnen Süßigkeiten und kleine Geschenke und versprachen, dass wir sie im nächsten Jahr wieder nach Haddock Hall einladen würden.

Wir hatten beschlossen, uns nichts zu schenken. Das Personal bekam einen Bonus in elfenbeinfarbenen Umschlägen. Mittlerweile hatten wir eine neue Küchenmagd, ein zweites Zimmermädchen und einen zweiten Diener angestellt.

Elise hatte mit Lloyd und den Zimmermädchen das Haus geschmückt. Mistelzweige und Tannengestecke. Im Salon stand ein Baum. Goldene und rote Glaskugeln. In den Kaminen brannten Feuer.

Wir fünf saßen am Tisch, unsere Kleidung festlich. Es gab Truthahn und Christmas Pudding.

»Wie habt ihr Weihnachten in Afrika gefeiert?«, fragte Edmund.

»Ungefähr genauso«, sagte Elise. »In Ians Haus

konnte man, wenn man nicht aus dem Fenster geschaut hat, glauben, in England zu sein.«

»Ist das nicht seltsam?«, fragte ich. »Ans andere Ende der Welt zu ziehen, in ein fremdes Land, und dann alles zu tun, um es genauso wie zu Hause zu haben?«

Clay lachte. »Ja. So gesehen, ja.«

Ich dachte an das Massaker in Afrika. Ian war tot. Weder Clay noch Elise hatten es gegenüber meinem Vater oder meinem Bruder erwähnt. Ich hatte auch nichts gesagt. Niemand hatte mich angewiesen, es zu verschweigen, aber ich hatte das Gefühl, dass ich es nicht ansprechen sollte.

Elise sah an diesem Tag besonders schön aus. Sie trug ein goldschimmerndes Kleid mit langen Ärmeln, ihre Haare waren geflochten. Ich wollte sie ansehen, ununterbrochen. Doch ich zwang mich, nicht zu starren. Vielleicht bildete ich es mir ein, aber ich glaubte, dass es den anderen – inklusive Lloyd – genauso ging.

Ich sah sie an, sah wieder weg, sah wieder hin. In einem Moment ein Mädchen, im nächsten eine Frau. Elise hatte uns weder verraten, wie alt sie war, noch, wann sie Geburtstag hatte. Die anderen hatten es akzeptiert, ich hingegen gab nicht auf. Es war fast ein Spiel. Ich versuchte durch Fragen Elises Alter zu erraten. »Wo warst du, als Queen Victoria gestorben ist?«

Sie durchschaute mich immer. Lachte.

»Wo warst du während der Olympischen Spiele 1900?«

»Nicht bei den Olympischen Spielen.«

Ich wollte wissen, wie alt sie war, um sie besser zu begreifen, sie irdischer zu machen. Sie zu halten.

Nach dem Dinner zogen wir in den Salon um. Elise ging neben Vater, sie sahen zeitgleich hoch. Über ihnen ein Mistelzweig. Vater schaute Elise an und küsste sie auf die Wange. Obwohl er nicht ihre Lippen berührte, war dieser Kuss nicht harmlos. Ich sah sein Begehren. Er versuchte es mit einem Lachen zu überspielen.

Mein Hals schnürte sich zu, ein Pochen in meinen Ohren. Ich wollte meinen Vater anschreien. Ihm sagen, dass er von uns allen am wenigsten Anrecht auf Elise hatte. Dass er, im Gegensatz zu uns, eine Liebe gehabt hat. Eine große Liebe. Mutter. Aber ich sagte nichts, sondern trank einen großen Schluck Scotch aus dem Glas, das Clay mir gereicht hatte.

Edmund legte eine Schallplatte mit Weihnachtsliedern auf. Jeder hing seinen Gedanken nach. Nur Elise schien ganz im Hier und Jetzt zu sein, sie saß auf dem Boden und spielte mit Maddox.

Clay ging als Erster zu Bett. Von hinten, auf seinen Gehstock gestützt, sah er aus wie ein alter Mann. Ich empfand Mitleid mit meinem Onkel. Das verlorene Bein hatte ihm sein Tempo genommen. Einst schnell und sprunghaft, ein Abenteurer, schleppte er sich nun durch Haddock Hall. *Klonk. Klonk.*

Er war aus unserer kleinen Welt ausgebrochen, nur um beschädigt zurückzukehren.

Dann verließ auch Elise den Salon. Sie wünschte uns eine gute Nacht. Ein Lächeln, an niemand Bestimmten gerichtet.

Vater füllte unsere Gläser. Er sah Edmund und mich an. »Meine Söhne ...«, sagte er. Es klang wie der Auftakt zu einer großen Rede, aber er schloss den Satz mit »Frohe Weihnachten«. Mehr nicht.

»Warum küsst man sich eigentlich unter einem Mistelzweig?«, fragte ich in beiläufigem Ton.

Edmund erzählte von der nordischen Göttin Frigga. Der Gott Loki wollte ihren Sohn Balder töten. So ging Frigga zu allen Tieren und allen Pflanzen und nahm ihnen das Versprechen ab, Balder nichts anzutun. Doch den Mistelzweig, der in Bäumen wächst, vergaß sie. Und so wurde Balder durch einen Pfeil getötet, den Loki aus einem Mistelzweig gefertigt hatte. Frigga gelang es, Balder wiederzubeleben. Die Misteln mussten der Göttin versprechen, dass sie jedem, der unter ihnen steht, ein Zeichen der Liebe geben.

»Ein Kuss«, schloss er. Dann sah er mich an und sagte: »Unser Lehrer hat uns beiden vor Jahren die Legende erzählt. Und du, Wilson, hast wahrscheinlich nicht zugehört.« Edmund lachte. »Du träumst zu viel, mein Bruder.«

»Bei Tag und bei Nacht«, sagte ich.

30

Karussell

Ich lag im Bett. Wenn ich die Augen schloss, drehte sich alles. Nachdem mein Vater und mein Bruder schlafen gegangen waren, hatte ich noch eine ganze Weile allein im Salon gesessen und die Flasche Scotch geleert. Ich war zum ersten Mal in meinem Leben betrunken. Richtig betrunken. Ich fühlte mich mutig, ich hätte Schlachten gewinnen können, wenn mich meine Beine getragen hätten. Meine Gedanken schienen brillant, aber leider vergaß ich sie schon im nächsten Moment wieder.

Ich hatte mich die Treppe raufgeschleppt. Mich am Geländer festgehalten. Die letzten Stufen hatte ich auf allen vieren zurückgelegt. Dann hatte ich mich auf mein Bett fallen lassen.

Ein Karussell, das sich zu schnell drehte. Ich konnte es nicht anhalten.

Der Mut der vergangenen Stunde hatte mich nicht ganz verlassen. Ein Fuß vor den anderen, bis ich vor der Tür des roten Zimmers stand. Dahinter alles, was ich wollte. Alles, was ich begehrte. Sie. Elise.

Ich klopfte, wartete nicht auf eine Antwort, sondern trat ein, schloss die Tür hinter mir. Maddox knurrte. Im Kamin flackerte ein Feuer.

»Elise«, flüsterte ich. Dann lauter: »Elise.«

Sie schrak auf, sah mich an, erkannte mich. »Wilson. Was machst du hier?«

Wieder knurrte der Mops.

»Ist gut, Maddox«, sagte sie und streichelte ihn. »Es ist nur Wilson. Mein schönes Hündchen. So ein feines Hündchen.« Ihre Stimme klang sanft, dann änderte sich ihr Tonfall, wurde bestimmt. »Wilson, was machst du hier?«

Vier Schritte. Ich setzte mich auf Elises Bett, nahm ihren Kopf in meine Hände. Zog sie an mich und küsste sie. Und Elise erwiderte den Kuss.

Als sich unsere Lippen trennten, sagte ich: »Ich liebe dich, Elise.«

»Das ist ein großes Wort ... Liebe.«

Ich nickte. »Ich liebe dich, Elise.«

»Ach, Wilson ... Zeit für dich, zu gehen.«

»Wohin?«, fragte ich.

»In dein Bett.«

Ich erhob mich. Stand einen Moment lang da, hoffte, dass sie etwas sagen würde. Aber Elise legte sich hin und schloss die Augen.

Als ich wieder in meinem Bett war, fuhr das Karussell eine letzte Runde. Dann hielt es an, und ich fiel in einen tiefen Schlaf.

Am nächsten Morgen wurde ich von Stimmengewirr geweckt. Mein Kopf schmerzte. Mein Mund war trocken. Ich stand auf. Ich hatte noch immer die Sachen von gestern an, inklusive Schuhen. Ich lief die Treppen hinunter.

Umringt von Vater, Clay, Elise, Maddox, Edmund und Lloyd stand Anne.

»Anne!«, rief ich und rannte auf sie zu. Ich umarmte sie fest.

Graue Schläfen. Falten um den Mund. Das Feuer in ihren Augen flackerte schwach. Sie trug einen schweren dunkelbraunen Pelzmantel und sah aus wie ein angeschossener Bär, der sich mit letzter Kraft in seine Höhle geschleppt hat. Seit ein paar Tagen war es ungewöhnlich warm für Dezember. Der Schnee war geschmolzen. Annes Bärenhaut verriet, dass sie aus kälteren Gefilden kam.

»Meine Lieben«, sagte Anne, »ich bin so müde. Ich brauche ein Bett, ein paar Stunden Schlaf.«

Edmund nahm Annes Koffer. Wir führten sie nach oben in das zweitschönste Gästezimmer.

»Ich hole Katie, damit sie sauber macht und frische Laken bringt«, sagte der Butler. »Ich wusste ja nicht, dass Sie kommen, Anne, sonst …«

»Lloyd, es ist alles perfekt«, unterbrach sie ihn. »Ich bin müde.«

Wir ließen sie allein und versammelten uns im Frühstücksraum. Ich trank Tee und aß trockenen

Toast. Mein Kopf pochte. »Zu viel Scotch, he?«, sagte meine Vater und lachte. »Wilson hat die ganze Flasche ausgetrunken.«

Und dann lachten alle.

»Wird Annes Mann auch kommen?«, fragte ich, um abzulenken.

»Ich glaube nicht«, sagte Clay. Ich sah zu Elise, der ich vor wenigen Stunden meine Liebe gestanden habe.

»Ich mag sie jetzt schon«, sagte Elise.

»Anne?«, fragte Vater.

»Ja. Clay hat mir viel von ihr erzählt. Bulldogge. Anne Bulldogge.«

Clay nickte. »Dass du mich an sie erinnerst.«

»Anne und Elise?«, fragte Edmund verwundert.

»Ja«, sagte Clay, und dann nachdenklich: »Als ich Anne das letzte Mal gesehen habe, war sie noch nicht verheiratet.«

»Sie hat sich verändert«, sagte ich.

Clay sah mich an: »Menschen ändern sich nicht wirklich. Ihre guten Eigenschaften, ihre schlechten Eigenschaften, alles ist von Anfang an da. Es kommt auf die Umstände an, auf ihr Leben, welche Eigenschaften dominieren.«

Ein Stück Toast blieb in meiner Speiseröhre hängen. Ich hustete.

»Anderer Meinung?«, fragte Clay, während ich nach Luft schnappte.

»Ich … ich habe mich verschluckt«, sagte ich, als ich wieder atmen konnte.

»Ich kannte jemanden, der an einem Stück Toast erstickt ist«, sagte Elise. »Am Tisch. Niemand konnte ihm helfen. Deshalb esse ich nie trockenes Brot. Nie.«

31

Wildes Herz

Anne wollte Mutters Grab besuchen. Clay und ich begleiteten sie.

»Kannst du mit deinem Bein so weit laufen?«, fragte Anne und deutete auf den Holzstumpf.

»Du meinst, ohne Bein«, sagte Clay und lachte. »Ich kann alles … *Fast* alles. Und wir nehmen Wilson mit. Zur Not kann er mich tragen.«

»Ich … ich weiß nicht, ob …«, stammelte ich.

»Nur ein Spaß. Keine Panik, Wilson.«

Ich nickte, und so marschierten wir los. Wir gingen nebeneinander. Anne in unserer Mitte.

»Bulldogge«, sagte Clay, während wir die Allee entlangliefen, »ich kann nicht glauben, dass du geheiratet hast.«

Anne lachte laut auf. Sie sah Clay von der Seite an. »Und ich kann nicht glauben, dass du zurück nach Haddock Hall gekommen bist. Ohne Bein.«

Clay lachte. »Was ist nur aus uns geworden? Eine verheiratete Frau und ein Krüppel.«

»Ich weiß nicht, was schlimmer ist«, sagte Anne.

Jetzt lachten beide.

»Aber schau dir Wilson an, wie prächtig er gediehen ist«, sagte Anne.

»Prächtig«, sagte Clay.

Anne tätschelte meinen Kopf.

»Macht ihr euch über mich lustig?«, fragte ich.

»Nein. Wir lieben dich. Und beneiden dich ein bisschen?«, sagte Anne.

»Beneiden? Mich?«

»Du hast zwei Beine, und du bist keine verheiratete Frau«, sagte Clay.

Wieder lachten sie.

Wir erreichten den Teich. Anne berührte unsere Arme, deutete uns anzuhalten. Wir blickten auf das Wasser. Und dann sah ich Elise und mich. Wir schwammen, tauchten unter, tauchten auf. Sie küsste mich. Ein seltsames Gefühl: Ich war dort im Wasser, an einem Sommertag, und ich stand hier am Ufer, im Dezember.

Auch Anne schien etwas zu sehen. Geister der Vergangenheit.

»Kommt!«, sagte Clay.

Anne nickte. Wir liefen weiter.

»Wer ist Elise?«, fragte Anne unvermittelt. Einen Moment glaubte ich, dass sie gesehen hatte, was ich gesehen habe. Elise und mich im Wasser. Der Kuss. Aber Anne schaute nicht mich, sondern Clay an.

»Erinnert sie dich an jemanden?«, fragte er.

Anne lächelte. »Sie hat ein wildes Herz, wie … wie ich früher.«

»Dein Herz ist noch immer wild, Anne. Du hörst nur nicht mehr hin.«

»Sagst du.«

»Sage ich.«

»Seid ihr ein Paar?«, fragte Anne.

»Nicht wirklich.«

»Ja oder nein?«

»Wir sind etwas, aber was genau, weiß ich nicht.«

Ich horchte auf. Sie sind etwas? Was? Was waren sie?

»Das klingt kompliziert«, sagte Anne.

»Ja und nein«, sagte Clay.

Anne lachte. »Du sprichst wie ein Orakel, mein lieber Freund. Hast du sie in Afrika kennengelernt?«

»Ja.«

»Bei Ian?«

»Ja.«

»Ich habe gehört, was dort passiert sein soll«, sagte Anne.

»So? Was hast du gehört?«

»Dass Ian und Dickie tot sind.«

»Du kennst Dickie?«

»Meine Brüder kennen Dickie und Ian. Kannten … Sie waren alle zusammen in Eaton. Was genau ist passiert?«

»Elise und ich waren schon nicht mehr da … Es

sollen Einheimische gewesen sein, anscheinend sind Ian und Dickie überfallen worden. Aber Genaues weiß ich nicht. Von wem ... von wem hast du es gehört?«

»Von den Waschlappen«, sagte Anne.

»Mmmh«, machte Clay.

»Dickie und Elise waren verlobt«, sagte ich.

Anne sah Clay an.

»Ja«, bestätigte er, »aber ich glaube, sie mochten sich nicht besonders.«

Wir erreichten den Friedhof. Ich ging voran. Anne berührte den Grabstein mit ihren Fingern. Als wollte sie ihn wecken, sanft. Dann betrachtete sie die Skulptur. Sie schluckte.

»Ich ... ich hatte sie so lange nicht gesehen, und jetzt ... jetzt werde ich sie nie wiedersehen. Nie wieder.«

Ich weinte. Anne weinte. Und auch in Clays Augen schimmerten Tränen.

Wir verweilten lange an dem Grab meiner Mutter. Schweigend bestritten wir den Rückweg. Nur Clays erschöpfter Atem war zu hören. Sein Holzbein und die Dunkelheit zwangen uns, langsam zu gehen.

32

Mord im Dunkeln

Der letzte Abend des Jahres.
Vater hatte dreizehn Flaschen Champagner kalt stellen lassen. »Man weiß ja nie«, hatte er gesagt.

Die erste Flasche öffneten wir gleich nach dem Abendessen.

»Ist es nicht seltsam, dass man immer so viel erwartet? Ein neues Jahr. Von vorne anfangen. Neu anfangen …«, sagte Clay.

Anne lächelte. »Ja. Es ist seltsam. Nicht, dass man von vorne anfangen will. Aber dass man es für möglich hält, in dieser einen Nacht die Vergangenheit auszulöschen.«

»Würdest du die Vergangenheit auslöschen, wenn du könntest?«, fragte Clay.

Anne schüttelte den Kopf. »Nicht alles. Nur ein paar Entscheidungen ungeschehen machen …«

»Wer würde das nicht?«, fragte Vater. »Wenn man könnte …«

»Man kann Dinge ungeschehen machen«, sagte Elise. »Einfach so tun, als wären sie nicht passiert.«

Sie trug ein dunkelblaues, fast schwarzes Samtkleid. Ich würde mich nie an ihr sattsehen.

»Champagner?«, fragte Edmund und schenkte nach.

Ich trank einen Schluck, sah Elise an. »Aber alles, was geschehen ist, ist geschehen. Auch wenn man so tut, als wäre es nicht geschehen.«

Clay erhob sein Glas und sang den Refrain von »Auld Lang Syne«:

»Auf die vergangene Zeit, mein Freund,
auf die vergangene Zeit,
ein Schluck auf die Erinnerung an die vergangene Zeit.«

»Auf die vergangene Zeit!«, sagte Vater und erhob sein Glas.

»Ihr seid viel zu früh! Es ist noch lange nicht Mitternacht«, sagte Anne.

»Wie wäre es mit einem Spiel?«, fragte Elise, »*Mord im Dunkeln*. Wir haben es oft in Afrika gespielt.«

Clay lachte.

»Sind wir nicht zu wenige?«, fragte Edmund.

»Was ist mit dem Personal? Sie sitzen da unten, wir hier oben. Holen wir sie doch hoch!«, sagte Elise.

Wir alle blickten zu Vater, dem fünften Baronet von Haddock Hall. Er schien hin- und hergerissen. Es gehörte sich wirklich nicht, die Angestellten zu einem Spieleabend einzuladen. Aber Elise hatte die gleiche Wirkung auf ihn wie unsere Mutter. Er konnte ihr keinen Wunsch abschlagen. Er seufzte und zuckte mit den Schultern.

»Ich hole sie«, sagte Elise und lief los, gefolgt von Maddox.

Kurze Zeit später kam sie mit dem Butler, zwei Dienern, zwei Zimmermädchen, der Köchin und der Küchenmagd zurück. Etwas verloren standen sie im Salon.

»Guten Abend«, sagte Vater. »Wir würden gerne *Mord im Dunkeln* spielen und brauchen mehr Mitspieler.«

Der Magd, sie war nicht älter als sechzehn, wich alle Farbe aus dem Gesicht. »Mord?!«

»Es ist ein Spiel«, sagte Edmund. »Wir bestimmen einen Detektiv, schicken ihn raus, und dann bestimmen wir den Mörder. Der Detektiv kommt zurück. Wir laufen alle umher. Wenn der Mörder einem von uns zuzwinkert, fällt dieser tot zu Boden. Und der Detektiv muss herausfinden, wer der Mörder ist.«

Die Diener und die Zimmermädchen freuten sich über die Einladung, mit uns – den Herrschaften – ein albernes Spiel zu spielen. Die Köchin sah weniger amüsiert aus. Die Magd sagte ängstlich: »Ich will nicht die Mörderin sein.«

Lloyd legte seinen Kopf schief, räusperte sich. »Wenn das Ihr Wunsch ist …«, er sah Vater an, »dann werden wir mit Ihnen *Mord im Dunkeln* spielen.«

Vater lächelte, aber es war Elise, die antwortete: »Es ist *mein* Wunsch.«

Ich wurde zum Detektiv ernannt und nach draußen geschickt. Während ich wartete, überlegte ich, wer wohl der Mörder sein würde. Wahrscheinlich hatten sie die Magd überredet.

Die Tür ging auf, und Edmund winkte mich herein. Alle schritten durch den Raum. Ernste Mienen. Ich sah jedem ins Gesicht. Betrachtete die Magd genau. Ihre Wangen glühten. Ich folgte ihr, nichts geschah.

Klonk. Klonk. Clay, auf seinen Gehstock gestützt, lief an mir vorbei, hinter ihm mein Vater. Jemand fiel zu Boden. Ich drehte mich um: Es war die Magd. Also war sie nicht die Mörderin.

Wieder fiel jemand um. Anne.

Und dann sah ich, wie Elise zwinkerte.

»Elise!«, rief ich triumphierend. »Elise ist die Mörderin.«

»Nein«, schallte es zurück.

»Aber …«

»Sie ist nicht die Mörderin«, sagte Anne, die auf dem Boden lag.

Und schon fiel die Nächste tot um: Katie, das Zimmermädchen. Elise stand ganz in ihrer Nähe. Und ich hatte es gesehen. Elises linkes Auge, es hatte gezwinkert.

»Ist es wirklich nicht Elise?«, fragte ich.

Und alle riefen: »Nein!«

Eine ganze Weile liefen wir umher, ohne weitere Tote.

Dann erwischte es Lloyd.

Einer der Diener folgte.

Das zweite Zimmermädchen fiel um.

Edmund ging zu Boden.

Immer glaubte ich, nein, ich war sicher, Elise zwinkern zu sehen.

Gerade als ich sagen wollte »Ihr lügt, es ist Elise«, fiel sie zu Boden.

Als Vater umfiel, sah ich es. Die Köchin.

»Rosanna ist die Mörderin«, rief ich. Alle klatschten.

»Endlich!«, rief Anne.

»Mein Bruder, der schlechteste Detektiv der Welt«, sagte Edmund und lachte.

Wir spielten eine zweite Runde. Anne war die Detektivin, und nach nur einem Mord fand sie den Täter: Lloyd.

Eine dritte und vierte Runde. Meine Gedanken verharrten bei Runde eins.

Elise, du hast gezwinkert.

Es war nur ein Spiel. Warum irritierte es mich so sehr?

Nach *Mord im Dunkeln* ließen wir das Personal nicht gehen. Sie bekamen Champagner. Elise legte eine Schallplatte auf. Wir tanzten, wechselten Partner.

Ich tanzte eine Polka mit der Köchin und einen Walzer mit Anne. Und endlich hatte ich Elise in meinen Armen. Maddox umkreiste uns.

Und wir tranken. Und wir lachten. Ausgelassen. Vergaßen Stellungen, Titel. Alle erlebten den Moment. Bewegten sich im Hier und Jetzt.

Um Mitternacht setzte sich Edmund ans Klavier. Wir sangen »Auld Lang Syne«.

»Soll alles denn vergessen sein,
die Freude und das Leid,
begraben die Erinnerung
an die vergangene Zeit?
Auf die vergangene Zeit, mein Freund,

auf die vergangene Zeit,
ein Schluck auf die Erinnerung
an die vergangene Zeit …«

Edmund spielte ein Lied nach dem anderen. Volkslieder, die unser altes Kindermädchen früher für uns gesungen hatte. Die, die den Text kannten, sangen mit.

Wir leerten dreizehn Flaschen Champagner. Erst als der Morgen graute, gingen wir zu Bett.

33

Konkurrenten

Mein einziger Vorsatz für das neue Jahr war, so oft wie möglich mit Elise allein zu sein. Sie zu küssen. Ich wollte eins sein mit ihr. Sie für immer an meiner Seite wissen.

Manchmal glaubte ich, dass ich meinem Ziel näher kam. Und dann gab es die Momente der Hoffnungslosigkeit.

Ein Nachmittag im Januar. Mein Vater versuchte Elise Schachspielen beizubringen. Am meisten irritierte mich sein Lachen. Als er Edmund und mir Schachspielen beigebracht hatte, war er streng gewesen, hatte uns getadelt, wenn unsere Konzentration nachgelassen hatte. Mutter hatte uns gerettet: »Für heute haben die Jungs genug gelernt.« Ihre Stimme, ihr Blick hatten ihn weich gemacht.

Auch Elises Stimme, ihr Blick verwandelte Vater. Anders als Mutter. Er war nicht mein Vater, sondern ein Mann. Ein Mann, der wollte, was ich wollte.

Nach der Schachstunde glaubte ich, dass Vater mein größter Konkurrent wäre.

Aber dann, an einem Sonntagmorgen, sah ich von meinem Fenster Clay und Elise im Garten stehen. Sie umarmten sich. Ich zählte die Sekunden. Siebenundvierzig. Eng umschlungen. Ich ballte meine Fäuste. Versuchte die beiden durch meine Willenskraft zu trennen. Als sie sich endlich voneinander lösten, streichelte Clay mit der Hand, die nicht auf den Stock gestützt war, Elises Wange. Selbst von hier oben, von meinem einsamen Fensterplatz, spürte ich die Vertrautheit zwischen ihnen. Hunderte Male hatten sie einander berührt. Es war offensichtlich.

Clay – *er* war mein größter Konkurrent.

Wenige Tage nach diesem Vorfall beschlossen Edmund und Elise auszureiten.

»Ich komme mit«, sagte ich.

Edmund sah mich erstaunt an. Nie hatte ich mich freiwillig auf ein Pferd gesetzt.

»Wunderbar«, sagte Elise. Sie trug Hosen. Mein Herz schlug schnell.

Der Stallbursche half uns, die Pferde zu satteln.

»Ich nehme Moorland«, sagte ich.

Moorland war zwar das schwierigste Pferd, aber wir hatten eine Verbindung. Ich hoffte, dass Moorland das genauso sehen würde.

»Bist du sicher?«, fragte Edmund.

»Ja.«

Edmund nahm die dreijährige Stute Juliet und Elise den Schimmel Nightingale. Wir ritten los. Im Schritt. Ich redete Moorland gut zu. Bat ihn, mir zu gehorchen.

Edmund gab das Tempo vor. Trab. Ich sah zu Elise. Leicht saß sie im Sattel, während ich keinen Rhythmus fand. Moorland schnaubte, als wollte er sich beschweren.

Galopp. Die Zügel glitten aus meinen Händen. Ich krallte mich am Sattel fest. Und Moorland rannte, überholte die beiden anderen. Ich schloss meine Augen. Ich hatte keine Kontrolle.

Ich betete, flehte das Pferd an, mich nicht abzuwerfen.

Und Moorland rannte.

Ich öffnete meine Augen erst, als sein Schritt sich verlangsamte. Wie ein nasser Sack hing ich im Sattel. Wurde durchgeschüttelt. Rutschte zur einen Seite, rutschte zur anderen. Schaffte es endlich, die Zügel zu greifen. Und zog. Moorland blieb stehen.

Ich drehte mich um. Elise und Edmund waren weit entfernt. In einem ungeschickten Manöver brachte ich Moorland dazu, umzudrehen. Ich ritt ihnen entgegen. Ihr Pferde liefen im Schritt nebeneinander, während die beide sich unterhielten.

Elise warf ihren Kopf in den Nacken und lachte. Edmund sah zufrieden aus. Sie waren ganz aufeinander konzentriert.

»Ich bin wieder da!«, rief ich ihnen zu.

Beide sahen mich an.

»Es ist kein Wettrennen«, sagte Elise. »Das weißt du, ja?«

Jetzt lachte Edmund.

Sie ritten an mir vorbei, und ich zerrte an Moorlands Zügeln, damit er ihnen folgte. Ein Schnauben ob meiner Ungeschicktheit.

»Tut mir leid«, sagte ich leise. Ich ritt hinter ihnen. Ich wusste nicht, wie ich Moorland dazu bringen konnte, neben Nightingale zu gehen. Ich wollte ihn nicht antreiben, aus Angst, er würde wieder losgaloppieren.

Ich konnte die Unterhaltung der beiden hören. Elise erzählte, dass sie in Afrika auf einem Elefanten geritten war. Und Edmund erzählte von seiner ersten Fuchsjagd, als er acht Jahre alt gewesen war. Ich erinnerte mich an die Jagd. Erinnerte mich an unsere Mutter, die schützend ihren Arm um mich gelegt hatte, weil ich mich geweigert hatte mitzureiten. Mein Vater hatte die Jagd für die Söhne seiner Freunde veranstaltet. Der jüngste Teilnehmer war sieben gewesen. Während die anderen Jungs freudestrahlend die Pferde bestiegen, weinte ich an der Schulter meiner Mutter. Als sie zurückkamen, machten sie sich nicht über mich lustig, sondern ignorierten mich.

Ein dumpfer Schmerz in meinem Kinderherzen.

Damals hatte ich mir gewünscht, dass ich mitgeritten wäre.

Und jetzt bin ich mitgeritten und fühlte den gleichen dumpfen Schmerz.

Ich fragte mich, ob Edmund mein größter Konkurrent war. Obwohl Elise nicht als Braut für ihn infrage kam. Sie war nicht vermögend, nicht standesgemäß. Er würde den Ruf von Haddock Hall nicht riskieren. Oder würde er?

34
Poker

Es gab Nächte, in denen ich wach lag und mir überlegte, wie ich meine Konkurrenz ausschalten könnte. Hässliche Gedanken. Gift und Gewehre. Aber es waren nur Phantasien, niemals hätte ich einem von ihnen etwas angetan.

Ich träumte von Orkanen und Erdbeben, die einzigen Überlebenden waren Elise und ich. Ich erdachte Strategien, wie ich Elise ganz für mich gewinnen konnte. Und mit jedem Tag, der verging, wurde mein Bedürfnis drängender. Es war wie ein Wettrennen. Ein langes Rennen, und niemand hatte gesagt, wie viele Runden wir zurücklegen mussten, bis der Sieger feststand. Das Rennen zu gewinnen war alles, was ich wollte. Ich hatte keine weiteren Ziele oder Wünsche, keinen Plan für meine Zukunft. Der Tod unserer Mutter hatte das Leben in Haddock Hall in einen Ausnahmezustand versetzt. Es angehalten. Aber bald würde man von mir erwarten, dass ich Entscheidungen für mein Zukunft treffe. Politik? Militär? Weiterführende Studien?

Die Antwort auf jede Frage war: Elise.

Es war April. Anne war jetzt schon viele Wochen bei uns. Wir hatten sie nicht gefragt, wie lange sie bleiben würde. Kein einziges Mal hatte sie Finley angerufen oder ihm geschrieben.

Ich saß mit Elise, Anne und Clay im Salon. Wir spielten Poker. Es regnete in Strömen. Edmund und Vater waren aus geschäftlichen Gründen nach London gefahren. Die Schulden von Haddock Hall hatten sich im letzten Jahr drastisch vermehrt. Mein Bruder hatte meinen Vater schließlich überzeugt, ins Immobiliengeschäft einzusteigen.

»Was ist eigentlich aus der Schule für die Pächterkinder geworden?«, fragte Anne, während sie die Karten mischte.

»Es gibt keine Lehrerin«, sagte ich. »Kurz nach Mamas Tod ist Miss Knight weggezogen, und dann hat sich niemand um einen neuen Lehrer gekümmert.«

»Lilian hat alles zusammengehalten«, sagte Clay.

Anne sah Clay an. »Deine Mutter Mary hat immer gesagt, dass die Frauen von Haddock Hall das Schicksal des Hauses bestimmen.«

Clay nickte. »Und sie hatte recht. Vielleicht sollte mein Bruder wieder heiraten.«

Ich sah unauffällig zu Elise. Versuchte in ihren Augen zu lesen, ob sie Interesse hatte. Wollte sie das: die Frau des Baronets werden? Ihr Blick verriet nichts.

Anne verteilte die Karten. Unsere Einsätze waren Streichhölzer.

»In Afrika habe ich beim Poker ein Vermögen gemacht«, sagte Elise. »Zuerst wollten die Männer mich nicht mitspielen lassen. Frauen seien zu albern für Poker, haben sie gesagt. Reden zu viel, lachen zu viel. Aber ich habe sie überredet, mir eine Chance zu geben. Und dann habe ich ihnen ihr ganzes Geld abgenommen. Und drei goldene Uhren.«

Clay lachte. »Ja, das hast du. Und danach durftest du nie wieder mitspielen.«

»Schlechte Verlierer«, sagte sie.

»Elise hat tagelang alle drei Uhren an ihrem Handgelenk getragen«, sagte Clay.

»Sie haben mich angebettelt, sie zurückzugeben. Geld geboten. Aber ich habe mich geweigert.«

»Was hast du mit den Uhren gemacht?«, fragte ich.

»Verschenkt. An meine liebsten Massai. Sie haben die Uhren unter einem Baum vergraben, der ihnen viel bedeutet. Als Opfergabe.«

Elise warf einen kurzen Blick auf die Karten in ihrer Hand und legte drei Streichhölzer in die Mitte.

»Deine drei«, sagte ich. »Und ich erhöhe um drei.«

Ich legte sechs Streichhölzer in die Mitte.

»Ich bin raus«, sagte Clay.

»Ich auch«, sagte Anne.

Elise ging mit. Sie hatte vier Könige und ich drei

Asse. Elise lächelte und schob den Pot zu ihrem Haufen. Sie gewann auch die nächsten Runden.

»Wie kann man nur so viel Glück haben?«, fragte Clay.

»Man muss dran glauben«, sagte Elise, »ans Glück. Dann bleibt es einem treu.«

Unser Vater und Edmund übernachteten in London, und so aßen wir drei allein zu Abend und gingen früh zu Bett. Ich wartete eine Weile, und dann machte ich mich auf zum roten Zimmer. Ich hatte schon während des Pokerspieles geplant, Elise in dieser Nacht aufzusuchen. Mit nur einem Konkurrenten im Haus schien es die perfekte Gelegenheit.

Leise ging ich den Flur entlang, öffnete die Tür. Maddox sprang vom Bett und knurrte.

»Ich wusste, dass du kommst«, sagte Elise zu meiner Überraschung.

Eine sternklare Nacht, der fast volle Mond erhellte das Zimmer.

»Komm«, sagte sie.

Ich legte mich zu ihr. Sie küsste mich. Ich wusste nicht, wie mir geschah. Ich hatte eine Rede vorbereitet, die mit einer Entschuldigung für mein unerlaubtes Eindringen begann. Gefolgt von einer zweiten Liebeserklärung.

Elise streifte ihr Nachthemd ab. Und dann zog ich mich aus. Sie legte sich auf mich. Ihre Haut auf meiner. Ich fühlte Dinge, von denen ich nichts geahnt hatte. Noch nie hatte ich mit einer Frau geschlafen. Aber mein Körper wusste, was zu tun war.

Dann kam ich in ihr.

Elise lag neben mir. »Siehst du, man muss nur an sein Glück glauben.«

35
Speck

Am nächsten Morgen beim Frühstück waren wir beide allein. Clay und Anne hatten das Haus verlassen, und Vater und Edmund waren noch nicht zurück aus London. Das Personal war außer Sichtweite. Wir bedienten uns am Buffet. Setzten uns nebeneinander. Elises Geruch, Iris und Sandelholz. Ich konnte ihre Wärme spüren. Sie aß, lächelte.

»Elise«, sagte ich. »Was ... was sind wir jetzt?«

Sie gab Maddox, der wie immer zu ihren Füßen lag, ein Stück Speck.

»Ich verstehe nicht. Was meinst du?« Ihr Ton war freundlich.

Ich beugte mich zu ihr, flüsterte: »Wir ... gestern Nacht ... wir haben miteinander geschlafen.«

Sie lachte. »Ja, das haben wir.«

»Und ... was bedeutet das? Für uns?«

»Ich kann dir nicht folgen«, sagte sie.

»Liebst du mich?«, fragte ich. Meine Stimme war schrill. Ich klang verzweifelt.

Elise sah mich mit großen Augen an. »Wilson«, sagte sie streng. »So etwas fragt man nicht.«

Jetzt sah ich sie mit großen Augen an. »Warum nicht?«

»Weil man es nicht tut. Und es ist nur ein Wort. Ein Wort, das alles und nichts bedeutet.«

»So?«, fragte ich erstaunt. »Ich dachte, es hat eine ganz bestimmte Bedeutung.«

»Für dich. Und für mich hat es eine andere. Du stellst die falschen Fragen.«

»Was wäre die richtige Frage?«

Sie lächelte. »Ob wir letzte Nacht wiederholen werden. Das wäre eine gute Frage.«

»Werden wir das?«

Sie legte ihren Kopf schief. Musterte mich. »Wahrscheinlich«, sagte sie und lachte. »Es war schön, oder?«

»Ja.«

Der Mops bekam ein zweites Stück Speck. Ich konnte ihn schmatzen hören.

»Maddox liebt Speck«, sagte sie. »Verstehst du, was ich meine? Liebe – das Wort bedeutet nicht sehr viel.«

»Was ... was ist mit Dickie? Hast du ihn geliebt?«

Sie zuckte mit den Schultern.

»Warum wolltest du ihn heiraten?«

»Es hat sich so ergeben.«

»Und dann hast du deine Meinung geändert?«

»Ja. Er hat gedacht, dass ich sein Eigentum wäre. Aber man kann Menschen nicht besitzen. Ich gehöre niemandem. Nur mir selbst.«

Lloyd betrat das Zimmer. »Brauchen die Herrschaften noch etwas?«

Elise strahlte ihn an. »Guten Morgen, Lloyd. Haben Sie gut geschlafen?«

»Ja, danke«, sagte er verlegen.

»Wir reden über die Liebe«, sagte sie.

Der Butler errötete, und auch ich spürte, wie meine Wangen heiß wurden.

»Maddox liebt Speck«, sagte Elise. »Was lieben Sie?«

»Den Frühling«, sagte Lloyd.

»Ich auch. Und was noch?«

»Ein Glas Claret.«

»Ja«, sagte sie, »und Tiere. Ich liebe Tiere.«

»Manche«, sagte der Butler. »Als ich ein Kind war, hatten unsere Nachbarn eine getigerte Katze. Sie hieß Tiger. Ich habe sie geliebt. Ich war ein Kind«, er lächelte. Dann ändert sich sein Gesichtsausdruck. »Wenn die Herrschaften keine weiteren Wünsche haben«, sagte er förmlich, verbeugte sich leicht und verschwand.

Elise sah mich an. »Siehst du?«

»Was ... was ...«, stammelte ich.

»Liebe«, sagte sie. Und noch etwas Speck für den Hund.

Ich wollte Elise sagen, dass man einen Menschen vielleicht nicht besitzen kann, aber dass zwei Menschen zusammengehören wollen können. Und dass das Liebe war, die Liebe, von der ich sprach.

Aber ich schwieg, weil ich Angst hatte, sie zu vergraulen. Konnte ich nicht zufrieden sein mit der Aussicht, die letzte Nacht zu wiederholen?

Stimmen in der Eingangshalle. Anne und Clay waren zurück. Sie kamen ins Frühstückszimmer und setzten sich zu uns an den Tisch.

»Anne wird die Pächterkinder unterrichten«, sagte Clay.

»Ich weiß noch nicht, was ich ihnen beibringen werde, aber ich versuche es«, sagte sie.

Und dann erzählte Anne von ihren Lehrern. Und dass sie einmal ein Buch gegessen hatte.

»Mein Literaturlehrer. Der arme Mann, ich habe ihn zur Verzweiflung gebracht.«

»Also bleibst du hier?«, fragte ich.

»Vorläufig ja.«

»Vielleicht kann ich dir helfen beim Unterrichten«, sagte Elise. »Ich könnte den Kindern tanzen beibringen.«

»Warum nicht«, sagte Anne.

Am späten Nachmittag kamen Vater und Edmund aus London zurück. Beide schienen zufrieden zu sein mit den Investitionen, die sie gemacht hatten.

Es war, als ob wir die Türen zur Außenwelt ein Stück weit geöffnet hätten. Ein Versprechen, dass es eine Zukunft für Haddock Hall und uns alle geben würde.

36

Galagos

Die folgenden Wochen waren die vielleicht glücklichsten meines Lebens.

Anne unterrichtete eine neue Generation von Archers, Frasers, Nolans und Carvers. Die Kinder mochten ihre neue Lehrerin, die ihnen verraten hatte, dass ihr Spitzname Bulldogge gewesen war. Und die junge Dame, die ihnen tanzen beibrachte, verehrten sie. Meine Aufgabe war es, das Grammophon in die Schule zu transportieren und Platten aufzulegen.

Elise, umringt von den Schülern, zeigte ihnen die Schritte. Polka. Walzer. Quadrille. Onestepp.

Die Augen der Kinder leuchteten, während Elise sich drehte und wiegte. Manchmal schauten ein paar der Väter vorbei, und auch in ihren Blicken konnte ich den Elise-Effekt sehen.

Nach der Stunde packte ich das Grammophon ins Auto. Elise neben mir, fuhren wir auf Umwegen nach Hause. Manchmal hielt ich an, und wir küssten uns. Ich fragte sie nicht mehr, was wir waren, sprach nicht mehr über Liebe. Niemand wusste von unseren Küssen oder den Nächten, die ich im roten Zimmer verbrachte, aber ich spürte, dass unsere Verbindung stärker wurde.

Wir hatten ein Zeichen vereinbart: Wenn sie beim Dinner das Wort »Galagos« erwähnte, durfte ich sie nachts besuchen. Ein Galagos ist ein Tierchen aus der Feuchtnasenaffen-Familie. Auch Buschbaby genannt. Es lebt in Bäumen und ist nachtaktiv. Es hat riesige Augen, die bei Nacht Licht reflektieren.

Während ich aß, wartete ich. Hoffte. Galagos. Eine Zauberformel, die nie ihre Wirkung verfehlte. Alles in mir erwachte zum Leben, wenn Elise die Buschbabys erwähnte.

Die Nächte unseres Zusammenseins wählte sie – wie es mir schien – willkürlich. Drei in Folge, eine viertägige Pause. Dann eine Nacht mit ihr, die nächste Nacht ohne sie, danach zwei in Folge. Ein Tanz ohne Rhythmus. Ich fragte nicht, warum. Ich hatte verstanden, dass man Elise viele Sachen besser nicht fragte.

Ein Rennen. Noch immer wusste ich nicht, wie viele Runden ich bis zum Ziel zurücklegen musste. Ich lag weit vorne, fast unmöglich, mich einzuholen. Doch nur fast. In Sicherheit war man nie, wenn man Elise liebte. Und so behielt ich meine Konkurrenz im Auge.

Auch in diesem Jahr würde kein Sommerball stattfinden. Zum einen aus finanziellen Gründen, zum anderen waren wir noch nicht bereit, die Türen zu Haddock Hall wieder ganz zu öffnen.

Ich war erleichtert, dachte an die Lords und weltgewandten jungen Männer, die zu einem Sommerball anreisen würden. Die Elise, meine Elise, sehen und versuchen würden, sie mir wegzunehmen. Es war anstrengend genug, sich mit der anwesenden Konkurrenz zu beschäftigen.

Als die Entscheidung fiel, schwelgten Anne, Clay und Vater in Erinnerungen an frühere Sommerbälle.

Sie sprachen über Mutter.

Und als mein Vater von ihrer ersten Begegnung erzählte, waren seine Worte zwar noch immer zärtlich, aber der Schmerz, der sonst in seiner Stimme klang, wenn er ihren Namen erwähnte, war verschwunden.

Lady Lilian Haddock war eine Erinnerung, Vergangenheit. Wir hatten ihren Tod akzeptiert. Verfluchten nicht mehr das Leben, den Gott, die Umstände, die sie uns genommen hatten.

Die drei redeten über Bekannte, von denen ich noch nie zuvor gehört hatte. Eine Amerikanerin, die Clay einen ganzen Abend lang verfolgt hatte. »Ich war gerade sechzehn, sie sicher dreißig Jahre alt. Riesige Schneidezähne«, sagte er und lachte.

»Oh Gott, diese Zähne«, sagte Vater und schüttelte den Kopf.

Sie erzählten von meinen Großeltern. »Sie hatten beide kein Rhythmusgefühl, aber sie tanzten immer die ganze Nacht.«

»Nächstes Jahr wird es wieder einen Sommerball geben«, sagte Vater. »Schließlich müssen wir eine Braut für den zukünftigen Baronet finden. Du bist achtzehn Jahr alt, mein Sohn.« Er sah Edmund an und erhob sein Glas.

Edmund lächelte, erhob ebenfalls das Glas. Sein kurzer Blick zu Elise entging mir nicht.

»Eine Dame von Stand und Vermögen«, sagte Vater. »Oder zumindest eines von beiden.«

Edmund sagte nichts.

Ich triumphierte innerlich: Er konnte Elise nicht heiraten. Er durfte nicht. Unser Vater würde es verhindern.

Dann erzählte Anne von den Weihnachtsbällen in Schottland. Dass es einmal zu einer Schlägerei zwischen mehreren Gästen gekommen war.

»Wie in einer Hafenkneipe«, sagte sie. »Und das an Weihnachten!«

Wir lachten.

»Finley hatte eine gebrochene Nase. Später wusste niemand mehr, wie der Streit begonnen hatte.«

Je später der Abend wurde, desto größer wurde meine Anspannung. Ich wartete auf das magische Wort.

Jedes Mal, wenn Elise etwas sagte, zog sich alles in

mir zusammen. Ich flehte stumm. Aber die Buschbabys wurden nicht erwähnt.

Als ich später in meinem Bett lag, war ich versucht, einfach ins rote Zimmer zu gehen. Ich stand auf, lief zu meiner Tür, blieb stehen, kehrte um, legte mich wieder hin.

Ich würde es nicht riskieren, Elise zu verärgern. Mich durch meine eigene Dummheit aus dem Rennen zu katapultieren.

»Gute Nacht, Buschbabys«, flüsterte ich und wartete auf den Schlaf.

37

La belle dame sans merci

Anne war in der Bibliothek und suchte nach Gedichten und Geschichten, die sie den Pächterkindern vorlesen konnte. Sie zog Bücher aus den Regalen, überflog ein paar Seiten, schüttelte den Kopf.

»Was habt ihr gelesen, als ihr Kinder wart?«, fragte sie mich.

Ich war auf der Suche nach Elise gewesen, hatte Schritte in der Bibliothek gehört und gehofft, sie dort zu finden. Aber Anne war allein.

»Ich weiß es nicht mehr. Die meisten Bücher sind wahrscheinlich in unserem alten Kinderzimmer.«

Anne bat mich, sie nach oben zu führen.

Die Möbel waren mit Leinenlaken abgedeckt, warteten auf eine neue Generation Haddocks. Die Regale, in denen sich Spiele und Bücher stapelten, waren von einer dicken Staubschicht überzogen.

Anne betrachtete die Titel, las sie laut vor: »*The Blue Fairy Book*, *The Story of the Treasure Seekers* von E. Nesbit, *Just so Stories* von Rudyard Kipling, *Alice in Wonderland* von Lewis Carroll, *Peter Pan in*

Kensington Gardens von J. M. Barrie. Gedichte von John Keats.«

»Das hat Clay mir geschenkt, bevor er nach Afrika gegangen ist. Erinnerst du dich? Du hast eine Fahrkarte bekommen.« Ich trat neben sie und nahm das Buch aus dem Regal.

»Ja«, sagte Anne. »Das ist neun Jahre her. Maddox ist neun.«

»Stimmt«, sagte ich. »Ich war so enttäuscht. Ein Buch. Edmund hat ein silbernes Messer bekommen, Mama Maddox, Vater Moorland und du ein Ticket nach Afrika. Was hat er gesagt? … *Du, Wilson, brauchst Worte.*«

Während ich sprach, blätterte ich in dem Gedichtband, den ich nie zuvor aufgeschlagen hatte. Mein Blick blieb bei einem Titel hängen. »La belle dame sans merci« – »Die schöne Frau ohne Gnade«.

Ich überflog die Zeilen.

Ein Fräulein traf im Hag ich an,
War schön wie nur ein Feenbild,
Ihr Haar war lang, ihr Schritt war leicht,
Ihr Blick war wild …

… Nun sah ich nichts als sie am Tag.

Sah Könige, Fürsten, Ritter stehn –
So bleich, wie Tod nur bleich sein kann –
Sie schrien: La belle dame sans merci
Hat dich im Bann!

Auf klaffend offnem Totenmund
Der schauerliche Warnruf drang.
Ich wachte auf und fand mich hier
Am Hügelhang.

Und darum irr ich einsam hier
Und bleich im welken Schilf umher,
Obgleich ich weiß, es singt schon längst
Kein Vöglein mehr.

Ich sah zu Anne.
»Wo … wo ist Elise?«, fragte ich beiläufig.

War schön wie nur ein Feenbild,
Ihr Haar war lang, ihr Schritt war leicht,
Ihr Blick war wild …

»Sie ist mit deinem Vater nach London gefahren.«
»Mit meinem Vater und Edmund?«
»Nein, Edmund ist hier.«
»Und Clay?«
»Auch hier. Sie sind allein nach London gefahren.« Anne nahm mir das Buch aus der Hand.

»Wilson?«, fragte sie und sah mich ernst an. »Was geht in dir vor?«

»In mir? Nichts … Es ist nur … Ich wundere mich, dass … warum sind sie in London?«

Anne betrachtete mich. Ich versuchte, ihrem Blick auszuweichen. »Dein Vater hat etwas Geschäftliches zu erledigen, und Elise brauchte neue Schuhe.«

»Wann kommen sie zurück?«

»Heute Abend.«

»So …«

Anne wendete sich wieder den Büchern zu. Sie nahm *Alice im Wunderland* aus dem Regal. »Das habe ich immer gemocht.« Anne las laut vor: »›Den Schrecken dieses Augenblicks werde ich nie vergessen‹, fuhr der König fort. ›Du wirst ihn vergessen‹, sagte die Königin, ›es sei denn, du errichtest ihm ein Denkmal.‹« Anne klappte das Buch zu, streichelte mir über den Kopf. »Vieles, was jetzt wichtig erscheint, wird in ein paar Jahren keine Rolle mehr spielen.«

»Hat das auch die Königin gesagt?«, fragte ich.

Anne schüttelte den Kopf. »Das sage ich.«

38

Zensus

Elises neue Schuhe ähnelten ihren klobigen Schnürstiefeln, doch das schwarze Leder war weicher. Elise zog sie an. Betrachtete die Stiefel. Der Absatz war niedrig und breit.

»Man spürt sie fast gar nicht. Sie sind perfekt!«

»Perfekt wofür?«, fragte ich.

»Laufen, rennen. Das sind Schuhe, in denen man Abenteuer erleben kann. In denen man die ganze Nacht tanzen kann.« Sie lachte.

Elise drehte sich im Kreis, griff nach meiner Hand, zog mich aus dem Sessel. Sie summte eine Melodie. Wir tanzten Walzer, zuerst langsam. Dann bewegten wir uns schneller und schneller.

»Siehst du!«, sagte sie. »Sie sind perfekt.«

Elise ließ mich los, sprang wie ein Pferd durch den Salon. Maddox rannte hinter ihr her. Glücklich, weil seine Herrin glücklich war. Ich setzte mich hin, um ihnen nicht im Weg zu sein. Während Hund und Frau tobten und rannten, fragte ich mich, was für Abenteuer Elise erleben wollte.

Ich hätte ihr stundenlang zusehen können. Die

Hände in die Hüften gestemmt. Die Haare fielen offen über die Schulter. Sie galoppierte diagonal durch den Raum. Hin und zurück, viele Male, dann ließ sie sich auf die Chaiselongue fallen, hob Maddox hoch. Streichelte ihn.

»Man gibt Frauen immer Schuhe, in denen sie sich nicht bewegen können. Bei einem Ball im Norfolk Hotel in Nairobi hatte ich ein Paar goldene Schuhe an. Wunderschön. Ein hoher, schmaler Absatz. Aber den ganzen Abend haben meine Füße geschmerzt. Jeder Schritt tat weh, tanzen war eine Qual, selbst wenn ich saß, brannten meine Füße. Am nächsten Tag habe ich sie einfach weggeschmissen. Wenn man die falschen Schuhe anhat, kann man überhaupt gar nichts machen und keinen klaren Gedanken fassen.« Sie streckte ihre Beine. »Und so bin ich frei. Mein Körper und mein Kopf.«

Ich nickte.

Elise lachte. »Das kannst du nicht verstehen, du bist keine Frau.«

Wieder nickte ich.

»Du gibst mir immer recht, he?«, fragte sie amüsiert.

»Nein ... Ja. Ich ... Nur ... nur wenn du recht hast.«

»Also immer«, sagte sie und lachte.

Mein Vater kam ins Zimmer, einen Stapel Papier in der Hand.

»George«, sagte Elise. »Schau, die neuen Schuhe.«

»Sehr schön«, sagte er.

»Sie sind perfekt.«

George wedelte mit dem Papier. »Ich fülle die Formulare für den Zensus aus.«

»Wofür?«, fragte Elise.

»Die Volkszählung«, erklärte er.

»Man zählt uns?«

Er lächelte. »Ja. Ich brauche ein paar Informationen. Alter, Familienstand, Bildung, Berufsstand ...«

»Von mir?«, fragte Elise.

»Von allen.«

»Nein«, sagte Elise.

»Nein?«

»Ich will nicht gezählt werden.«

»Du willst nicht ... Wieso nicht?«

»Weil ich nicht will. Für wen ist das?«

»Für die Regierung. Für das Land. Eine Bestandsaufnahme. Die Dokumente werden hundert Jahre lang versiegelt, und dann kann die Öffentlichkeit sie einsehen. Es hat geschichtliche Bedeutung.«

Elise schüttelte den Kopf.

»Niemand kann dich zwingen«, sagte er. »Aber stell dir vor, in hundert Jahren schaut sich jemand dieses Dokument an. Und da stehen alle unsere Namen. Und deiner ... deiner wird fehlen.«

Elise lachte. »Was kümmert es mich, was in hundert Jahren ist?«

»Es interessiert dich nicht, was ... was du hinterlässt? Dass man sich an dich erinnert?«

Elise sah ihn ernst an. »Nein. Ich lebe jetzt, und wenn ich tot bin, bin ich tot. Ich glaube nicht, dass ich viel hinterlassen werde. Und selbst wenn ... Ich meine, ich werde nicht hier sein.«

Mein Vater stand schweigend da.

»George, schau nicht so enttäuscht«, sagte sie.

Er lächelte. »Das muss ich wohl akzeptieren«, sagte er und verließ den Salon.

Ich verstand, was mein Vater gesagt hatte. Verstand die Bedeutung des Zensus. Einen Moment festzuhalten, gleich einer Fotografie. Elises Name würde fehlen, obwohl sie im Juni 1921 der Mittelpunkt von Haddock Hall war. Und dann verstand ich sie, verstand, dass man Elise nicht festhalten konnte. Dass ihr Name, ihr Alter, ihr Berufsstand nichts, rein gar nichts über sie aussagten.

»Zählen sie auch Tiere?«, fragte Elise und streichelte Maddox.

»Nein. Ich glaube nicht.«

»Menschen sind seltsam«, sagte sie.

39
Bestandsaufnahme

Ein heißer Tag im Juli, die Zeitungen berichteten vom Ende des Irischen Unabhängigkeitskriegs. Waffenstillstand. Die Friedensverhandlungen folgten gleich nach dem Tag, der als Belfasts »Bloody Sunday« in die Geschichte eingehen sollte.

Während des Frühstücks lasen wir uns gegenseitig Schlagzeilen vor. Und zwischen Nachrichten aus Irland, Tee und Eiern beschlossen wir, einen Ausflug zu machen. Ein See, der zu dem Anwesen der Marfords gehörte, die ebenfalls in Hertfordshire County lebten, war das Ziel.

Vater hatte mit Sir Marford telefoniert. Leider, sagte Sir Marford, könne uns niemand von der Familie begleiten. Seine Söhne und seine Frau seien in Bath, und er selbst läge mit einer Sommergrippe im Bett. Aber natürlich könnten wir den See jederzeit und immer nutzen. Ob er einen seiner Diener mit einem Picknick schicken soll?

Mein Vater dankte Sir Marford, sagte, dass wir alles selbst mitbringen würden, und wünschte ihm gute Besserung. Die Wahrheit war, dass Sir Marfords

Sommergrippe eine Ausrede war. Hatten wir unsere Bekannten nach Mutters Tod auf Distanz gehalten, hatten sie sich nun von uns distanziert. Der Grund war Elise. Es hatte sich herumgesprochen, dass sie bei uns, mit uns lebte. Eine junge Dame ohne Stammbaum mit vier Männern unter einem Dach. Man wusste nicht, wie man das Ganze einordnen sollte. Es hatte etwas Verruchtes, etwas Unschickliches.

Und dann war da Anne. Auch ihre Anwesenheit ließ die Gerüchteküche brodeln. Warum war sie hier, eine verheiratete Frau, allein, ohne ihren Mann? Man erinnerte sich an vergangene Sommerbälle. Clay und Anne, damals hatten viele vermutet, dass die beiden einmal heiraten würden.

Mein Vater wusste, dass die Sommergrippe eine Ausrede war, und Sir Marford wusste, dass mein Vater es wusste.

Wir nahmen beide Autos. Mein Vater saß am Steuer, Clay neben ihm, Elise und Maddox auf der Rückbank. Edmund fuhr den anderen Wagen, Anne saß neben ihm, ich mit zwei riesigen Picknickkörben, Decken und Handtüchern hinten.

Am Ufer des Sees breiteten wir unter einer Weide die Decken aus. Elise und Edmund streiften als Erste ihre Kleidung ab. Vater und ich folgten.

Wir sprangen ins Wasser. Klar und kalt. Anne und Clay saßen vollständig bekleidet auf einer Decke. Wehmütig sahen sie zu, wie wir planschten.

»Kommt schon!«, rief Elise.

»Ich kann nicht«, sagte Clay und deutete auf sein Holzbein.

»Mach es ab.«

Clay schüttelte den Kopf.

»Anne, was ist mit dir?«

»Ich leiste Clay Gesellschaft.«

Wir schwammen um die Wette. Edmund gewann. Wir tauchten, ließen uns auf dem Rücken treiben.

Maddox lief am Ufer auf und ab. Behielt Elise im Auge.

Noch einmal schwammen wir um die Wette, wieder gewann Edmund. Nacheinander stiegen wir aus dem See und wickelten uns in Handtücher. Legten uns auf die Decken.

»In dem See soll ein vier Meter langer Wels leben, der fünfzig Jahre alt ist«, sagte Vater. »Lass Maddox besser nicht ins Wasser, sonst frisst der Wels ihn auf.«

»Er frisst Hunde?«, fragte Elise.

»Kleine Hunde«, sagte Vater und lachte.

Während wir uns unterhielten, über Welse und andere Fische, starrte Anne auf den See.

»Clay, wir gehen ins Wasser«, sagte sie unvermittelt.

Er protestierte.

»Bitte«, sagte Anne. »Bitte, ich helfe dir.«

»Ich habe keine Badesachen.«

»Ich auch nicht.« Und wieder »Bitte«.

»Na schön«, sagte er.

Beide zogen sich aus. Dann schnallte Clay sein Holzbein ab. Lederschlingen, Metallverschlüsse. Ich musste hinsehen. Anne, weich und dick, half Clay hoch. Eine Hand auf den Stock, den anderen Arm um Annes Schulter gelegt. So gingen sie zum See.

Clay ließ den Stock am Ufer.

Sie waren im Wasser.

Anne schwamm, und Clay hielt sich an ihren Schultern fest. Ruhig und gleichmäßig ihre Bewegungen.

»Es ist herrlich!«, schrie Clay. »Herrlich!«

Ich starrte das Holzbein an, das neben Clays Kleidern lag.

Als sie zurück am Ufer waren, eilte Vater zu ihnen und half ihnen. Clay legte ein Handtuch über seinen Stumpf, als er auf der Decke saß.

»Danke«, sagte er zu Anne.

Sie lächelte.

»Wir sind noch immer wir«, sagte sie. »Nicht mehr so schnell, nicht mehr so wild. Aber wir sind noch immer wir.«

»Ja«, sagte Clay.

Wir dösten in der Sonne.

Würde ich einen Zensus durchführen, mit dem Wunsch, dass jemand hundert Jahre später einen kurzen Einblick auf diesen Moment gewinnt, würde ich Folgendes niederschreiben.

Ort: Haddock Hall in Hertfordshire County

Haushalt: sechs Personen und ein Mops.

George Haddock: Der fünfte Baronet von Haddock Hall. Vater von Zwillingen. Witwer. Er hat sich fast zu Tode getrunken und versucht, den Mops zu erschießen. Jetzt geht es ihm besser.

Clay Haddock: Zweitgeborener. Ehemaliger Abenteurer. Ein Bein. Vieles, was er mit zwei Beinen konnte, kann er nicht mehr. Aber heute hat er das Wasser zurückerobert.

Edmund Haddock: Ältester Sohn von George. Erbe. Sein ganzes Leben lang bereitet er sich auf den Tod seines Vaters vor. Es ist schwer, ihn richtig zu kennen.

Anne MacDonald: Geborene von Walden. Sie hatte ein wildes Herz und Feuer in ihren Augen. Das Feuer brennt noch. Sie ist mit einem schottischen Monster verheiratet, obwohl sie niemals heiraten wollte. Ob sie das Monster für immer verlassen hat, weiß nur sie.

Elise Bowles: Viel geliebt. Sie lebt im Hier und Jetzt. Losgelöst von der Vergangenheit. Losgelöst von der Zukunft.

Maddox: Mops. Schwarzes Fell. Große Augen. Seine erste Herrin hat er verloren. Er hat eine neue gefunden. Einmal wurde auf ihn geschossen.

Wilson Haddock: Zwillingsbruder von Edmund. Zweitgeborener. Er fühlt sich nur lebendig in Elises Nähe.

Alle Personen des Haushaltes sind in diesem Moment glücklich.

Wir aßen Sandwiches und tranken Wein. Schwammen und lachten. Unterhielten uns, spielten Karten. Erst als die Sonne unterging, fuhren wir nach Hause. Niemand von uns hat an diesem Tag die Marfords vermisst.

40

The last rose of summer

»Manchmal sieht Maddox aus wie ein Galagos«, sagte Elise beim Dinner.

Das Zauberwort. Die dritte Nacht in Folge.

»Das hast du bereits gestern festgestellt«, sagte Clay.

»Hab ich das?«, fragte Elise und zuckte mit den Schultern. »Ich werde wohl vergesslich.«

Mein Gesichtsausdruck neutral. Innerliche Freudentänze.

»Er sieht wirklich aus wie ein Galagos«, sagte ich.

»Das hast du auch gestern gesagt«, sagte Edmund.

Clay lachte. »Dabei hast du noch nie einen Galagos gesehen.«

»Elise hat mir beschrieben, wie sie aussehen.«

Kurzes Schweigen. Alle Augen auf mich gerichtet.

Anne durchbrach die Stille. »Manchmal bereue ich, dass ich meine Fahrkarte nie eingelöst habe. Ich würde gerne einen Galagos sehen.«

»Sie können sehr laut schreien, sie klingen wie Säuglinge. Deshalb nennt man sie Buschbabys«, sagte Clay.

Elise lachte. »Als du sie das erste Mal gehört hast, bist du rausgerannt, weil du dachtest, jemand hätte ein Baby ausgesetzt.«

Clay nickte.

Der Hauptgang wurde serviert. Ich hoffte, dass alle schnell aufessen, nach dem Dinner sofort zu Bett gehen und nicht stundenlang im Salon sitzen würden. Ich konnte erst zu ihr, wenn jeder in seinem Zimmer war.

Aber niemand schien müde zu sein, und so tranken wir im Salon, Edmund spielte Klavier. Elise lehnte am Flügel. Wiegte sich zur Musik. Maddox lag zu ihren Füßen. Anne und Vater unterhielten sich. Ich saß neben Clay.

»Wilson, was ist los?«

»Nichts.«

»Du siehst aus, als ob du auf etwas warten würdest.«

»Nein.«

»Ich glaube, ich weiß genau, was in dir vorgeht.«

Ich spürte, wie ich rot anlief, sagte aber: »Gar nichts geht in mir vor.«

Clay lächelte.

Edmund spielte »The last rose of summer«.

Anne stand auf, ging zum Klavier und begann zu singen: »*The Last Rose of Summer, left blooming alone …*«

Wir stimmten alle mit ein.

Eines der Lieder, die unser Kindermädchen früher für uns gesungen hatte. Mit seiner krächzenden Stimme voller Wehmut und Tränen in den Augen. Während Edmund und ich versucht hatten, uns das Lachen zu verkneifen. Das Kindermädchen hatte stets so getan, als ob es unser Glucksen nicht bemerken würde.

»*So soon may I follow, when friendships decay ...*«

Jetzt standen wir um das Klavier herum. Ich sah Edmund an und er mich. Auch er dachte an unser altes Kindermädchen. Wir lachten beide. Ich fühlte mich meinem Bruder ganz nah. Innerlich sagte ich: »Edmund, dir wird bald alles gehören, du bist der Erbe. Aber Elise bekommst du nicht. Elise gehört mir.«

Und mit »The Last Rose of Summer« und einem letzten Schluck Kognak endete der Abend.

Ich wartete in meinem Bett, bis es im ganzen Haus still war. Leise schritt ich den Flur entlang. In das rote Zimmer. Dann lag sie in meinen Armen. Und wir schliefen miteinander wie in der Nacht zuvor und in der Nacht davor und in so vielen vergangenen Nächten. Vertraut die Wärme ihrer Haut, ihr Atem.

»Elise, was ... was willst du? Wie stellst du dir die Zukunft vor?«, fragte ich, weil ich nicht wagte zu fragen, ob sie mich liebte, ob sie mit mir für immer zusammen sein, mich heiraten wollte.

Elise überlegte kurz. »Ich stelle sie mir gar nicht vor, die Zukunft … Und was ich will, ändert sich oft. Ich dachte, du würdest mich mittlerweile besser kennen.«

»Und was … was willst du jetzt?«

»Jetzt?« Sie lachte. »Schlafen.«

»Das ist alles?«

»Ja. Das ist alles.«

»Und morgen?«

Sie lachte leise. »Du hörst mir nicht zu, he? Was ich morgen will, werde ich morgen wissen.«

Elise schob mich sanft von sich.

Ich stand auf. »Willst du gar nicht fragen, wie *ich* mir die Zukunft vorstelle?«

»Nein«, sagte sie.

»Du weißt, dass weder Edmund noch mein Vater dich heiraten werden. Sie … Es sind … es sind die Regeln. Du bist nicht …«

»Was bin ich nicht?«, fragte sie scharf.

»Nicht …«

»Nicht gut genug?«

»Ja«, sagte ich.

Ich glaube, ich wollte sie in diesem Moment verletzen. Und ich bereute es sofort. Ich wollte sagen: Nein, du bist die Beste, die Allerbeste. Es ist die Welt da draußen, die nicht gut ist.

Aber ich schweig.

»Geh!«, sagte sie.

Ich verließ das rote Zimmer. Zurück in meinem Bett, raste mein Herz. Morgen würde ich mich entschuldigen. Vor ihr auf die Knie fallen, sie um Vergebung bitten. Du bist die Beste, würde ich sagen. Die Beste.

41

Nie glücklicher

Der nächste Morgen. Alle bis auf Elise saßen am Frühstückstisch. Ich nahm mir Tee, setzte mich.

»Wo ist Elise?«, fragte ich beiläufig.

»Schläft wahrscheinlich noch«, sagte Clay.

Ich saß lange am Tisch, die anderen hatten das Zimmer bereits verlassen. Ich wartete auf Elise. Ich musste, wollte mich entschuldigen. Ich hatte mir die Worte zurechtgelegt.

Ich schickte die Diener fort, als sie das Buffet abräumen wollten. »Elise hat noch nicht gefrühstückt.«

Schritte.

Jemand betrat den Raum. Ich war sicher, dass sie … Aber nein. Es war Anne.

»Du bist noch immer hier?«, fragte sie.

»Ich … Ja … Elise … Hast du sie gesehen?«

»Nein.«

»Vielleicht sollten wir nachsehen, ob es ihr gut geht. Sie schläft nie so lange.«

Anne nickte.

Wir gingen die Treppe hinauf. Den Gang entlang. Anne klopfte an die Tür des roten Zimmers.

»Elise?«

Keine Antwort. Anne klopfte lauter.

»Elise?«

Alles war still.

Anne öffnete die Tür, ich dicht hinter ihr.

Das Zimmer war leer.

»Wo ist sie?«, fragte ich.

»Vielleicht ist sie schon vor uns aufgestanden und spazieren gegangen oder schwimmen. Oder zum Schulhaus.«

»Ich werde sie suchen«, sagte ich entschlossen.

Ich überlegte, ob ich das Auto nehmen sollte, aber es gab Wege, die man nicht mit dem Wagen passieren konnte. Zu Fuß war ich zu langsam.

»Du kannst auch einfach warten, bis sie zurückkommt«, sagte Anne.

Ich schüttelte den Kopf. Ein ungutes Gefühl breitete sich wellenartig in meinem Magen aus. Warten würde ich nicht aushalten.

»Nein, ich werde sie suchen.«

Anne schaute mich an. Forschend. Mitleidig.

»Gut«, sagte sie und streichelte mir über die Wange.

Ich rannte die Treppen hinunter. Aus dem Haus. Zu den Stallungen. Ich bat den Stallburschen, mir beim Satteln zu helfen. Dann schwang ich mich auf

Moorland. Ich beugte mich vor, tätschelte seinen Hals.

»Moorland, mein guter Moorland. Lass uns Elise finden!«

Er schnaubte. Hatte er mich verstanden?

Ich ritt zum Teich, keine Spur von Elise. Zum Friedhof. Über die Ländereien. Zum Schulhaus. Niemand war da. Ich galoppierte über die Felder.

Eine leichte Brise. Meine Sinne geschärft. Manchmal glaubte ich, sie zu sehen, in der Ferne. Wenn ich auf die Gestalt zuritt, verschwand sie. Ein Hauch von Iris und Sandelholz lag in der Luft. Ich folgte dem Geruch wie ein Spürhund, bis er aus einer anderen Richtung zu kommen schien. Dann hörte ich Elises Lachen ganz nah an meinem Ohr, als ob sie hinter mir auf Moorlands Rücken sitzen würde. Da wusste ich, dass ich meinen Sinnen nicht trauen konnte.

Ich rief ihren Namen.

Stundenlang trabte ich über unser Anwesen. Schließlich gab ich auf. Ich brachte Moorland in den Stall, übergab ihn dem Stallburschen. Rannte zum Haus.

Mein Herz raste. Vielleicht war Elise längst zurück. Bestimmt würde sie mit Maddox auf der Chaiselongue sitzen.

Ich öffnete die Tür zum Salon. Anne, Clay, Edmund, mein Vater und Lloyd. Keine Elise, kein Maddox.

»Wo … wo ist sie? Ich bin über das ganze Anwesen geritten … Wo ist Elise?«

Niemand wusste es, aber auch sie sorgten sich.

»Wir warten bis zum Dinner, und dann sehen wir weiter«, sagte Clay.

Ich konnte nicht still sitzen. Ging von Zimmer zu Zimmer. Öffnete Kleiderschränke, sah unter Betten nach. In Abstellkammern.

Der Abend brach an. Wir versammelten uns am Tisch. Elises Platz war leer. Die Diener servierten eine Terrine. Keiner rührte sie an.

Wir starrten auf Elises Stuhl, zur Tür.

»Was machen wir jetzt?«, fragte ich.

»Warten«, sagte Clay.

Lloyd stand in einer Ecke. Er sah ebenfalls besorgt aus. Die Diener räumten die vollen Suppenteller ab, servierten die Hauptspeise. Auch das Lammfleisch aßen wir nicht.

»Wo könnte sie sein?«, fragte Anne. »Hat sie etwas erwähnt? Jemanden, den sie besuchen wollte, oder …«

Ich schüttelte den Kopf.

»Nein«, sagte Edmund.

»Nicht mir gegenüber«, sagte Vater.

»Vielleicht ist ihr was passiert«, sagte ich.

»Nein«, sagte Clay. »Elise passiert nichts.«

»Woher willst du das wissen?«, fragte ich.

»Weil ich sie kenne.«

»Wenn du sie so gut kennst, dann sag uns, wo sie ist!« Ich klang hysterisch.

»Das weiß ich nicht«, sagte Clay ruhig.

Wir tranken Scotch und überlegten, wo Elise sein könnte.

»Sie hat mir mal erzählt, dass sie nie glücklicher war als in Griechenland«, sagte Edmund nachdenklich.

»Das hat sie mir nie erzählt«, sagte ich.

»Wir waren … wir sind uns sehr nahegekommen. Elise und ich«, sagte Edmund.

Ich weiß nicht, wer am verwirrtesten aussah. Unser Vater, Clay oder ich.

»Mir hat sie erzählt, dass sie nie glücklicher war als in Indien«, sagte Anne.

»Mir hat sie gesagt, dass sie nie glücklicher war als hier in Haddock Hall«, sagte Vater. »Dass sie sich das erste Mal in ihrem Leben zu Hause fühlen würde.«

Clay lachte. »Sie war nie glücklicher als in Afrika«, sagte er. »Wir wollten zurück. Zurück nach Nairobi. Wenn … Lasst uns einfach bis morgen warten. Sie wird schon wieder auftauchen. Ich kenne sie.«

»Ihr wolltet zurück nach Afrika? Das … glaube ich nicht«, stammelte Edmund. »Wann?«

Clay antwortete nicht, er stand auf. Stützte sich auf seinen Stock. »Morgen sehen wir weiter. Sie taucht schon wieder auf.«

Klonk. Klonk.

»Sie wollte nicht zurück nach Afrika«, sagte Edmund zu niemand Bestimmtem.

Nacheinander verließen wir den Salon.

42

Clays Geschichte

Ich kannte ihre Garderobe. Jedes Kleid, das sie besaß. Es fehlten nur zwei: ein gelbes Sommerkleid und ein langärmliges Kleid aus dunkelgrünem Samt. Außerdem ihre neuen Schnürstiefel, eine kleine Reisetasche aus braunem Leder, ihre Bürste.

»Warum hat sie so viele Sachen zurückgelassen, fast alle ihre Kleider?«

»Weil es nur Dinge sind, und Dinge interessieren Elise nicht«, sagte Clay.

Drei Tage war sie nun verschwunden. Drei Nächte.

Wir waren sämtliche Szenarien durchgegangen. Die Frage, die mich am meisten quälte und über die ich mit niemandem sprechen konnte: Hatte mein Ja auf ihre Frage sie so sehr verletzt, dass sie fortgegangen war? *Nicht gut genug?* Ihre Worte hallten in meinen Ohren nach.

Anne hatte vorgeschlagen, die Polizei einzuschalten, weil Elise vielleicht etwas zugestoßen war.

Auf keinen Fall sollte die Polizei informiert werden, sagte Clay.

An diesem Abend erzählte er uns seine Geschichte.

Ich hatte nie auch nur mit einem Wort erwähnt, was Pixie und Ted Harper Clay in Newmarket erzählt hatten und was Anne von ihren Brüdern berichtet hatte, als wir ihr am Tag nach ihrer Ankunft Mutters Grab gezeigt hatten. Jetzt erfuhr ich, was sich wirklich zugetragen hatte.

Als Clay Elise zum ersten Mal gesehen hatte, hatte er sich sofort und heftig in sie verliebt. Clay hatte sich oft sofort und heftig verliebt, aber es fühlte sich anders an als sonst.

Da Elise mit Dickie verlobt war, ging er ihr aus dem Weg. Er übernachtete oft im Norfolk Hotel. Versuchte die Gedanken an Elise mit der Gesellschaft anderer Damen zu vertreiben. Er ging wochenlang auf Jagd. Doch es zog ihn immer wieder zurück zur Zuckerrohrplantage, zu Ians Haus, in dem Dickie und Elise permanente Gäste waren.

Er saß allein auf der Veranda. Die ganze Milchstraße war am Himmel zu sehen. Schakale heulten in der Ferne, Hyänen lachten. Clay war von einer achttägigen Jagd zurückgekehrt. Er trank Whiskey, rauchte eine Zigarre. Der Krieg war offiziell zu Ende. Clay hatte in den letzten Jahren öfters überlegt, sich freiwillig zu melden, um gegen die Deutschen zu kämpfen, hatte sich jedoch dagegen entschieden. Er wollte weder Befehle empfangen noch Befehle geben. Er liebte die Wildnis, die Jagd und Dickies

Verlobte. Wegen Elise saß er hier auf der Veranda. Sein Verstand hatte ihm gesagt, ins Norfolk Hotel zu gehen, aber er hatte auf sein Herz gehört.

Er trank einen Schluck aus der Flasche, ein guter Whiskey, ein Geschenk der beiden Männer, mit denen er die letzten Tage verbracht hatte. Einen Löwen hatten sie geschossen. Sosehr Clay die Jagd liebte, der Tod eines Tieres stimmte ihn jedes Mal – und wenn auch nur für eine Moment – traurig.

Er trank noch einen Schluck. Dachte an den Löwen, dessen ausgestopfter Kopf bald in einem Wohnzimmer hängen würde.

»Ich kann nicht schlafen.« Elise in einem weißen Nachthemd. Barfuß. Die Haare zu einem Zopf geflochten.

Sie setzte sich neben Clay und deutete auf die Flasche. »Darf ich?«

Clay reichte ihr den Whiskey.

Sie trank. Gab ihm die Flasche zurück, hielt seine Hand fest. »Ich liebe ihn nicht.«

Clay sah sie fragend an.

»Dickie. Ich liebe ihn nicht. Er ist schrecklich.«

»Warum bist du dann mit ihm verlobt?«

»Das ist eine lange Geschichte. Er hat mich ... Ich war in Schwierigkeiten. Es war nicht meine Schuld, aber alle dachten, es wäre meine Schuld. Er hat mir geholfen. Und dann ... Jetzt ... Ich weiß nicht, wie man es nennen soll. Erpressung?«

»Was für Schwierigkeiten?«

Sie schüttelte den Kopf.

Clay war immer der Überzeugung gewesen, dass man Menschen ihre Geheimnisse lassen sollte. Er würde nie erfahren, in was für Schwierigkeiten Elise gewesen war.

»Dickie ... Er ist schrecklich«, sagte sie noch einmal.

In dieser Nacht begann Elises und Clays Affäre. Heimliche Treffen, Zeichen und Worte, die nur sie verstanden. Es hätte immer so weitergehen können, aber Dickie plante, Kenia bald zu verlassen und zurück nach England zu gehen. Natürlich mit Elise, seiner zukünftigen Braut.

Ein Ball im Norfolk Hotel. Ian, Clay, Dickie und Elise fuhren zusammen in Ians Daimler. Ian besaß eines der knapp tausend Automobile in Kenia.

Eine illustre Mischung aus Abenteurern, Regierungsbeamten und Landbesitzern hatte sich im Hotel versammelt. Musik, gutes Essen und reichlich Alkohol. Seit Tagen überlegte Clay, wie er Elises bevorstehende Abreise verhindern konnte. Sie wollte weder ihn noch Afrika verlassen. Doch nicht Elise selbst, sondern Dickie entschied über ihre Zukunft. Clay verstand und verstand auch nicht. Was konnte Elise getan haben, dass Dickie so viel Macht über sie hatte?

Clay fasste einen Plan. Er würde Dickie zur Rede stellen. Ihn bitten, Elise selbst wählen zu lassen. Ein Gespräch von Mann zu Mann.

Während des Balls, bei einem Walzer, den er mit Elise tanzte, berichtete er ihr von seinem Vorhaben.

»Das wird nicht funktionieren. Es geht nicht … Du verstehst nicht …«, sagte sie.

Die Rückfahrt.

Auf einer dunklen unbefestigten Straße, nicht weit entfernt von der Zuckerrohrplantage, ging ihnen das Benzin aus. Clay bot an, zum Haus zu laufen und einen Kanister zu holen. Elise hatte die falschen Schuhe an, golden und mit einem hohen schmalen Absatz. Dickie und Ian waren zu betrunken, um zu laufen. Clay marschierte los. Im Stechschritt, die Pistole in der Hand. Seine Sinne waren geschärft. Es war die Wildnis. Für einen hungrigen Löwen war er leichte Beute.

Etwa eine halbe Stunde später erreichte er das Haus, holte einen vollen Kanister Benzin und machte sich auf den Rückweg. Die Nacht in Afrika hatte viele Stimmen: Das Lachen der Hyänen. Schreiende Buschbabys. Das Heulen der Schakale. An alle diese Geräusche hatte er sich längst gewöhnt.

Dann hörte er einen Schuss. Und noch einen. Sie kamen aus der Richtung, in der das Auto liegen geblieben war.

Clay rannte.

Bald konnte er die Silhouette des Daimlers ausmachen. Er rannte schneller. Wagte nicht, die Namen seiner Freunde zu rufen. Vielleicht waren sie überfallen worden und der Täter noch vor Ort. Clay stellte den Benzinkanister ab, zog seine Pistole.

Elise, dachte er, wenn ihr etwas geschehen war, er würde nie wieder glücklich werden.

Das war Auto leer. Nicht weit entfernt von der unbefestigten Straße stand eine Reihe riesiger Affenbrotbäume. Dort hörte er etwas. Mit gezückter Waffe schritt er in die Dunkelheit.

Ein dritter Schuss, ein stechender Schmerz durchfuhr sein Bein.

Er konnte den Schrei nicht unterdrücken.

Fiel zu Boden.

Und dann sah er Elise. Sie beugte sich über ihn. Sie sah aus wie ein Geist. Ein Geist mit einer Pistole in der Hand.

»Oh Gott«, sagte sie.

Clay richtete sich auf. Er blickte sich um. Unter dem Affenbrotbaum lagen Ian und Dickie. Er vergaß sein schmerzendes Bein.

»Was … was ist passiert?«, fragt er.

Tränen rannten über Elises Wangen, sie ließ die Pistole fallen. »Ich … Sie haben … Sie haben aufeinander geschossen … Ich bin dazwischengegangen, und dann …«

Clay wusste nicht, was er fühlen, was er denken sollte. Er war keine Stunde weg gewesen. Hatte dafür Sorge tragen wollen, dass seine Freunde und die Frau, die er liebte, sicher nach Hause fanden. Und nun lagen unter dem Affenbrotbaum zwei tote Männer, und vor ihm stand eine Frau mit einer Pistole in der Hand. Außer seiner eigenen war es die einzige Waffe am Tatort. Die beiden Männer waren beste Freunde gewesen, nie hatte es Streitigkeiten oder Unstimmigkeiten zwischen ihnen gegeben.

»Warum haben sie aufeinander geschossen? Was …?«

»Ich weiß nicht, ich weiß nicht.« Elise klang verzweifelt. »Aber man wird glauben, ich hätte … Clay, hilf mir, bitte!«

43
Danach

Elise und Clay handelten wie im Rausch, schleppten die Leichen weiter in den Busch. Vergruben die Pistole.

Fünf Tage dauerte ihre Reise nach Mombasa. Erst dort wurde Clays Bein behandelt. Es hatte sich so schlimm entzündet, dass es amputiert werden musste.

Manchmal glaubte er, dass alles nur ein schrecklicher Traum gewesen war. Die Schüsse unter dem Affenbrotbaum – nie geschehen. Er hatte zwei Beine, und Elise hatte keine Waffe in der Hand gehabt. Doch es war passiert.

Elise hatte ihrem Verlobten ein kleines Säckchen mit Diamanten gestohlen. Als er noch lebte. Hatte sie da schon gewusst, dass seine Tage gezählt waren? Hatte sie das Ganze geplant? Clay fragte nicht, was genau geschehen war. Seine Unwissenheit schützte ihn davor, Elise zu verurteilen. Denn er wollte sie nicht verurteilen. Er liebte sie noch immer.

Nachdem Clay aus dem Krankenhaus entlassen worden war, mieteten sie ein kleines Haus in Mombasa. Clay erholte sich langsam, er bekam sein Holzbein. Sie verließen das Haus nur selten. Eine ständige Furcht überschattete ihr Leben. Würde man Dickie und Ian finden und Elise und wahrscheinlich auch ihn verdächtigen? Wurde bereits nach ihnen gesucht?

»Niemand hat sie gemocht«, sagte Elise. »Das Personal nicht, Ians Gäste nicht. Und die Einheimischen schon gar nicht. Außerdem ist es unwahrscheinlich, dass man die Leichen findet. Irgendein Tier wird sie schon verschleppt und aufgefressen haben.«

»Aber man wird ihre Abwesenheit und … unsere Abwesenheit bemerken.«

»Du machst dir zu viele Gedanken.« Ein Hauch von Sorge in ihrer Stimme. Auch sie war nicht vollends von ihrer Analyse der Situation überzeugt.

»Wie soll es weitergehen?«, fragte er.

»Was?«

»Unsere Leben?«

»Das weiß man nie, oder?«

Manchmal war Elise voller Zärtlichkeit und Liebe. Dann wieder kühl, distanziert. Er war nicht sicher, ob sie ein Paar waren, jetzt, da Dickie tot war. Ob sie Freunde waren oder einfach nur zwei Menschen, die ein Geheimnis teilten.

Sie hangelten sich von Tag zu Tag. Doch die Nacht unter dem Affenbrotbaum lebte wie ein böser Geist mit ihnen in dem kleinen Haus in Mombasa. Manchmal zeigte er sich oder rasselte mit seinen Ketten. Selbst wenn er still in seinem Versteck ruhte, war seine Präsenz spürbar.

Sie mussten fort. Weit weg. Ihn abhängen. Und so schlug Clay vor, nach England zu gehen. Zuerst wollte Elise davon nichts wissen. Sie liebte Afrika.

»Nur für ein halbes oder ein Jahr. Und dann gehen wir zurück. Wenn die … wenn das, was geschehen ist, vergessen ist.« Er konnte das Wort »Mord« nicht aussprechen.

Clay erzählte Elise von Haddock Hall. Von unserem Haus, das Mutter als märchenhaft beschrieben hatte. Er wusste, dass Lilian Haddock tot war. Er hatte nie auf Vaters Telegramm geantwortet, wie er jetzt gestand. Er hatte nicht gewusst, was er sagen sollte. Hatte Briefe angefangen und zerrissen. Hatte um seine Schwägerin geweint – allein.

Elise hörte aufmerksam zu und erklärte sich schließlich einverstanden. Während der Schiffsfahrt, je näher sie England kamen, desto weiter entfernte sich Elise von Clay. Keine Küsse, keine Umarmungen.

»Unsere Geschichte gehört nach Afrika«, sagte sie und schob Clay von sich weg. »Und wenn wir zurück sind, kann sie weitergehen.«

Er verstand nicht, und sie gab ihm keine richtige Erklärung, warum sie nicht zusammen sein konnten.

Sie wollte es nun einmal so, es waren ihre Regeln. So war das eben mit Elise. Sie bestimmte.

Und so blieb Clay nichts anderes übrig, als zu warten. Manchmal, wenn er schon fast glaubte, dass sie ihr Versprechen vergessen hatte, schenkte sie ihm etwas Zärtlichkeit und flüsterte in sein Ohr, erzählte ihm von dem Abend, an dem alles begonnen hatte. Er auf der Veranda, der Whiskey. Das Heulen der Schakale, das Lachen der Hyänen und die ganze Milchstraße am Himmel.

Dann glaubte Clay wieder, dass ihre Geschichte eine Fortsetzung haben würde – eines Tages in Afrika.

Die Erinnerung an die Nacht unter dem Affenbrotbaum verlor in Haddock Hall an Kontur, an Schwere. Einst gestochen scharf und in bewegten Bildern, war sie nur noch eine verblasste Schwarz-Weiß-Fotografie. Kaum erkennbar der Baum, die Toten, Elise mit der Pistole in der Hand.

Vor zwei Monaten hatte er gesagt: »Es wird Zeit, dass wir zurückgehen.«

»Bald«, hatte sie geantwortet.

Er hatte einen weiteren Monat verstreichen lassen und wieder gesagt: »Es wird Zeit, dass wir zurückgehen.«

Und wieder hatte sie »Bald« geantwortet.

»Wann ist bald?«, hatte er gefragt.

»Bald ist bald.«

So war Elise, sie ließ sich nicht fassen.

Letzte Woche hat er ihr gesagt, dass er die Schiffsfahrkarten gekauft hat.

Heute wären sie in See gestochen.

44

Eine lange Geschichte

»Ihr wolltet zurück nach Afrika?«, fragte Edmund. »Das hat sie nie erwähnt. Nie! Und wir ...« Er schüttelte den Kopf. Sein Gesicht war bleich. »Wir ... Sie wollte mich heiraten ... in Griechenland, und dann in Haddock Hall leben. Mit mir. Und ...« Edmund brach ab. Er sah aus wie ein geprügelter Hund. »Ich dachte, dass man Elise, wenn man sie erst mal kennen würde, akzeptieren würde. Auch wenn sie weder Stand noch Vermögen besitzt. Ich dachte ... Und wenn nicht, ich hätte alles riskiert.«

»Das hat sie gesagt? Sie wollte dich heiraten?«, fragte Clay.

Edmund zögerte. »Ja ... Nein ... Also, sie hat nicht Nein gesagt. Es war ... Ich habe sie gefragt, und sie hat nicht Nein gesagt.«

Vater lachte laut auf. »Zu mir hat sie auch nicht Nein gesagt.«

Mein Vater erzählte von der Leere und Verzweiflung, die der Tod unserer Mutter in ihm hinterlassen hatte. Alles in ihm, alles Menschliche, schien damals erloschen. Und dann kam Elise, und mit ihr kehrte sein Wille zu leben zurück, sein Bedürfnis, zu fühlen, zu lieben. Sie war ganz anders als Lilian. Nichts an ihr erinnerte an seine geliebte Frau, an unsere Mutter. Aber Elise hatte ihn bezaubert. Verzaubert. Es war, als ob ihm ein zweites Leben, eine Chance auf ein neues Leben geschenkt worden war. Elise hatte seine düsteren Gedanken vertrieben. In London hatte er ihr einen Ring geschenkt. Er hatte ihr gesagt, dass er mit ihr zusammen sein will, sie heiraten. Sie hatte den Ring angenommen. Nicht angesteckt, aber angenommen. Er lachte. »Auch ich hätte alles riskiert.«

Ich erzählte nicht, was mich mit Elise verband, von den Galagos und den Nächten im roten Zimmer. Von der Hoffnung, dass ich der Auserwählte war. Ich erwähnte nicht, dass ich sie mit einem Ja verletzt hatte. Dass ich wahrscheinlich schuld war, dass sie uns verlassen hatte. Aber war ich das? Denn anscheinend hatten mein Bruder und mein Vater ihr zu verstehen gegeben, dass sie sehr wohl gut genug war. Hatte mein Wort schwerer gewogen als ihre Bekundungen, ihre Bereitschaft, alles zu riskieren?

»Mir hat sie gesagt, dass sie davon träumt, zurück nach Indien zu gehen. Dass sie dort einmal glücklich gewesen ist. Glücklicher als jemals zuvor oder jemals danach. Sie wollte mir nicht erzählen, warum sie Indien verlassen hat. *Das ist eine lange Geschichte*, hat sie gesagt. Vielleicht – eines Tages –

würde sie zurückkehren«, sagte Anne. Auch sie war traurig über Elises Verschwinden, doch es war eine andere Art von Trauer. Sie hatte Elise nicht besitzen wollen wie wir.

»Sie hat mir geholfen, eine Entscheidung zu treffen. Hat mich jeden Tag ein bisschen mutiger gemacht. Finley … Ich werde mich scheiden lassen. Auch wenn er sich nicht einverstanden erklärt, werde ich nicht zu ihm zurückkehren. Bald«, sagte Anne, »werde ich nach Schottland reisen und die Misere, die meine Ehe ist … die meine Ehe *war*, offiziell beenden. Eine geschiedene Frau. Man wird mich schneiden. Meine Brüder, mein Vater, die ganze verdammte Gesellschaft. Elise … Sie hat mich mutig gemacht.«

Ratlos sahen wir einander an. Tranken Scotch, um uns zu betäuben.

»Nur den verdammten Hund hat sie geliebt«, sagte Vater und lachte bitter. »Den hat sie mitgenommen.«

Mein leerer Magen brannte vom Alkohol. Ich konnte keinen Schluck mehr trinken. Ich wollte allein sein.

Ich stand auf, verabschiedete mich.

In der Eingangshalle auf der Treppe saß Lloyd. Sein Gesicht in den Händen vergraben.

»Lloyd«, sagte ich.

Er hob den Kopf. Seine Augen waren rot, die Wangen feucht.

»Ich … ich vermisse sie«, sagte er. Er klang anders als sonst. Wie ein trauriges Kind.

»Ja«, sagte ich und ging an ihm vorbei. Nicht in mein Zimmer, sondern in das rote.

Ihr Duft hing in der Luft. Ich legte mich in ihr Bett und glaubte, noch etwas von ihrer Wärme zu spüren. Ich versuchte einen klaren Gedanken zu fassen.

Wo war sie?

Hatte ich sie vertrieben?

Jetzt wusste ich so viel mehr über sie, doch schien sie noch unbegreiflicher als zuvor. Noch mehr Fragen.

Hatte Elise zwei Menschen unter einem Affenbrotbaum erschossen?

Sie wollte mit Clay zurück nach Afrika, ihre Geschichte fortsetzen. Zumindest war das eine Version einer möglichen Zukunft.

Was war in Indien geschehen? Eine lange Geschichte … Auch dorthin wollte sie zurückkehren. Eines Tages. Vielleicht.

Und Griechenland? Meinen Bruder heiraten? Meinen Vater heiraten?

Elise war ein Gebilde aus Geheimnissen.

Hat sie uns geliebt?

Uns alle? Oder einen?

Den Hund hat sie geliebt, Maddox hat sie mitgenommen. Ich sah Elise und Maddox vor meinem inneren Auge. Ich sah sie auf Schiffen. Elises Haare wehten im Wind. Das Hündchen zu ihren Füßen. Ich sah sie unter Bäumen tanzen und zu wilden Tieren sprechen.

Furchtlos. Schön.

Ich hörte ihre Stimme.

In Haddock Hall war ich sehr glücklich.

Warum bist du gegangen?

Eine lange Geschichte … Vielleicht – eines Tages – werde ich zurückkehren.

45

Untergang

Am folgenden Tag packte Anne ihren Koffer, um nach Schottland zu reisen und sich von Finley, dem Monster, scheiden zu lassen. Sie wollte zurückkommen, nachdem alles erledigt war. Wir ließen sie schweren Herzens gehen.

Elises Verschwinden hatte eine ähnliche Auswirkung auf uns wie Mutters Tod. Anne war unser Anker. Ihre Anwesenheit hatte etwas Beruhigendes.

»Ich bin schneller wieder da, als ihr denkt«, sagte sie.

Ich fuhr Anne zum Bahnhof.

»Wilson, was war zwischen dir und Elise? Du hast nichts gesagt.«

Ich hielt meinen Blick auf die Straße gerichtet.

»Ich habe … Ich liebe sie. Und ich dachte, sie … sie würde mich auch lieben. Auf ihre Art.«

Ich erwähnte nicht meine letzte Nacht mit Elise. Mein *Ja*. Die Angst, dass ich sie vertrieben hatte.

»Sie hat dich sicher auch geliebt. Auf ihre Art«, sagte Anne. »Eines Tages wirst du darüber hinwegkommen. Eine andere Liebe finden.«

Ich schüttelte den Kopf. »Das glaube ich nicht.«

»›Den Schrecken dieses Augenblicks werde ich nie vergessen‹, fuhr der König fort. ›Du wirst ihn vergessen‹, sagte die Königin, ›es sei denn, du errichtest ihm ein Denkmal.‹« Anne lächelte.

»Ich … Wie soll ich sie jemals vergessen?«

»Du sollst sie nicht vergessen. Nur dem Schmerz, den du jetzt fühlst, kein Denkmal errichten. Verstehst du?«

Ich nickte, obwohl ich nicht wirklich verstand.

Am Bahnhof umarmte sie mich fest.

»Ich komme zurück, und dann helfe ich euch … Helfe ich euch allen, den Schrecken dieses Augenblicks zu vergessen.«

Sie stieg ein, und ich winkte ihr, bis der Zug in der Ferne verschwand.

Am 4. Oktober erreichte uns ein Telegramm.

Geschieden – In Glasgow – treffe Freund, Mitglied des Southern Syncopated Orchestra, amerikanische Jazzband. 8. Oktober Dublin – dann England, Haddock Hall. Anne

Als die Rowan, ein britisches Passagierschiff der Laird-Line, am 8. Oktober den Nordkanal erreichte, traf sie auf dichte Nebelbänke. Vermutlich um 00:10 Uhr kam der US-amerikanische Frachtdampfer West Camak auf Kollisionskurs in Sicht und rammte das Heck der Rowan. Der Schaden war nicht unmittelbar bedrohlich. Trotzdem gab Kapitän Brown den Befehl, alle Passagiere am Oberdeck zu versammeln und Rettungsmittel klarzumachen. Während an Bord der Rowan den Anordnungen des Kapitäns Folge geleistet wurde, tauchte der Dampfer Clan Malcolm auf, rammte die Rowan mittschiffs an der Steuerbordseite mit einer Geschwindigkeit von acht Knoten und zerteilte die kleinere Rowan. Die Passagiere wurden über Bord geschleudert oder gingen mit dem Schiff unter, das sofort sank.

Siebenundsiebzig Überlebende. Zwanzig Tote, darunter Kapitän Brown, neun Musiker des Southern Syncopated Orchestra. Und Anne. Anne »Bulldogge«.

Wenige Wochen nach dem Schiffsunglück beschloss Clay, zurück nach Afrika zu gehen. In der Hoffnung, dass er Elise dort finden und sie ihre Geschichte fortsetzen würden.

Der Nächste, der uns verließ, war Edmund. Er wollte die Zeit, solange er nicht der Baronet von Haddock Hall war, nutzen, um Elise zu suchen. Seine Pläne waren vage. Erst Griechenland, dann Indien.

Und so war ich allein mit meinem Vater. Er trank und schwieg. Sein Bart wuchs. Und die finanzielle Lage von Haddock Hall verschlechterte sich unaufhaltsam.

Wir wohnten unter einem Dach, aber wir gingen einander aus dem Weg. Er wurde mir mit jedem Tag fremder. Trunken saß er da. Murmelte vor sich hin. Wortfetzen.

»Elise … Lilian … verdammter Hund.«

Er verkaufte die Londoner Immobilien mit Verlust. Sie hatten keine Gewinne eingebracht.

Dann entließ er das Personal: alle bis auf Lloyd. Er verkaufte die Pferde. Auch Moorland. Der Garten verwilderte. Er verkaufte die Ländereien, die zu Haddock Hall gehörten, um Schulden zu begleichen.

Ich wartete auf eine Nachricht von Edmund, um ihn zu bitten, zurückzukommen. Er war der Erbe, und bald würde es kein Erbe mehr geben. Aber ich hörte weder von ihm noch von Clay.

Wie ein Geist bewegte ich mich durchs Haus. Ich schlief jede Nacht im roten Zimmer, dort fühlte ich mich Elise nahe. Dort waren die Erinnerungen an sie lebendig. Und jede Nacht entschuldigte ich mich bei ihr, sagte ihr, dass sie die Beste war. Dass wir, die Männer von Haddock Hall – die Erstgeborenen und die Zweitgeborenen –, alles für sie riskiert hätten. Dass ihr Lachen mehr wert war als gesellschaftlich Konventionen, mehr wert als Ansehen und Anwesen. Dass sie alles war.

Elise, sie hatte uns nach Mutters Tod gerettet. Und ihr Verschwinden hatte uns endgültig zerstört. Zerbrochen.

Zwei reisten durch die Welt, um sie zu suchen, einer trank sich um den Verstand. Und ich? Was tat ich? Dem Schrecken des Augenblicks ein Denkmal errichten. Nacht für den Nacht in dem roten Zimmer.

Ich erdachte mir Geschichten, deren Protagonisten wir beide waren. Aber auch in den erfundenen Erzählungen war sie nicht fassbar. Beantwortete meine Fragen nur vage. Auf ihre Art. Auf Elises Art. Gab ihre Geheimnisse nicht preis.

Nicht mal in meiner Phantasie konnte ich sie festhalten. Denn am Ende fragte sie mich immer *Nicht gut genug?*. Und ich antwortet *Ja*, und dann verließ sie mich. Und ich war allein.

46
Abschied

Ich fand meinen Vater, den fünfte Baronet von Haddock Hall, tot in seinem Bett. Sein Gesicht war gelb. Der Scotch hatte seine Leber zerfressen. Er hatte sich zu Tode getrunken.

Haddock Hall gehörte in dieser Nacht schon nicht mehr uns. Auf dem Sekretär lag die Korrespondenz: Haddock Hall, das, was noch übrig war, gehörte der Bank. Listen mit Inventar, Gemälde, Möbel, Kunstgegenstände, Schmuck, selbst der Flügel, alles gehörte der Bank.

Mein Vater wurde auf dem Friedhof begraben. Die Zeitungen berichteten von seinem Tod. Der Artikel erzählte, dass der Baronet von Haddock Hall sich das Leben genommen hatte, weil er den Verlust seines Anwesens nicht ertragen hatte. Ein Foto von ihm und Mutter.

Ich schrieb meinem Bruder einen Brief.

Edmund,
Vater ist tot. Du bist jetzt der Baronet von Haddock Hall. Nur dass es Haddock Hall nicht mehr

gibt, es nicht mehr uns gehört. Ich weiß nicht, ob der Titel an das Anwesen gebunden ist oder ob du ein neues Haddock Hall errichten kannst.
Komm zurück!
Dein Bruder Wilson

Ich steckte den Brief in ein Kuvert und wusste nicht, welche Adresse ich draufschreiben sollte. Ich brachte den Brief mit Edmunds Namen versehen zum Postamt, bat den Postmeister, ihn aufzubewahren und Edmund auszuhändigen, falls er auftauchen sollte.

Niemand kam zu Vaters Beerdigung. Nur Lloyd, der treue Butler, und ich standen an seinem Grab. Er wurde direkt neben Mutter begraben. Nur die steinerne Frau und der kniende Mann zwischen ihnen.

Und dann verließen auch wir Haddock Hall. Ich packte einen Koffer mit meiner Kleidung, dem Buch, das Clay mir geschenkt hatte, und dem goldenen Löffel, den Robert, der erste Baronet von Haddock Hall, bei einem Londoner Schmied aus dem Gold, das sein Vater ihm als Startkapital gegeben hatte, hatte anfertigen lassen. Ein langer Griff mit einer Gravierung. *Haddock Hall.*

Der Löffel, den Oliver, der dritte Baronet, beim Würfelspiel verloren hatte und den seine Frau Willow bei einem Pfandleiher in Chelmsford, Essex aufgespürt hatte.

Der Löffel, der eigentlich meinem neun Minuten älteren Bruder zustand. Dem Erstgeborenen.

Ich suchte in Edmunds Zimmer nach dem silbernen Messer, das Clay ihm gegeben hatte. Es sollte eine neue Tradition werden. Ein Geschenk für den Zweitgeborenen. Aber ich konnte es nicht finden. Vielleicht hatte Edmund es mitgenommen.

Als Letztes ging ich in das Zimmer meiner Mutter. In ihrem Kleiderschrank, versteckt hinter Wäsche, war ein Kästchen mit Bargeld. Vierhundert Pfund. Kurz bevor sie starb, hat sie mir das Kästchen gezeigt. »Für den Notfall«, hat sie gesagt, »niemand weiß davon. Edmund wird alles erben, er wird es nicht brauchen. Aber vielleicht du … Eines Tages.«

Ich steckte das Geld ein.

Clays Bentley stand nicht auf der Liste mit unseren Besitztümern. Ich legte meinen Koffer auf die Rückbank und wartete auf Lloyd.

Auch er hatte einen Koffer in der Hand.

»Soll ich Sie irgendwohin fahren, Lloyd?«, fragte ich. Und mein Herz tat mir weh.

Der Butler schüttelte den Kopf.

»So bin ich vor vielen, vielen Jahren hier angekommen. Ein junger Mann, einen Koffer in der Hand. Zu Fuß. Und so möchte ich von hier gehen. Nur dass ich jetzt ein alter Mann bin.«

Er lächelte traurig und reichte mir die Hand. Ich umarmte ihn.

»Was werden Sie jetzt tun?«

»Mich zur Ruhe setzen. Und du, Wilson?«

»Ich ... ich weiß es nicht genau.«

Er nickte mir zu und ging davon.

»Lloyd«, rief ich, »warten Sie!«

Er blieb stehen. Ich ging zu ihm und gab ihm zweihundert Pfund. Er betrachtete die Geldscheine. Schüttelte den Kopf. »Das kann ich nicht annehmen.«

»Bitte. Nehmen Sie es. Sie haben es mehr als verdient. Bitte. Mir zuliebe.«

Bevor er antworten konnte, lief ich davon und stieg in den Bentley.

Ich lebte in London, in York, in Cambridge, in Newcastle, in Nottingham, in Cornwall. Ich wohnte in kleinen Apartments oder in Gästezimmern zur Untermiete. Ich arbeitete als Lehrer und in Bibliotheken. Ich las viel. *Du, Wilson, brauchst Worte.* Ich lernte Französisch, »La belle dame sans merci«. Der Titel des Gedichts war meine Inspiration. Ich versuchte, meinen Onkel, meinen Bruder und Elise zu finden. Schrieb an Hotels und britische Institutionen in Indien, in Afrika, in Griechenland. Aber ich fand keinen der drei. Im Zweiten Weltkrieg arbeitete ich als Übersetzer in Frankreich und blieb nach dem Krieg dort und unterrichtete Englisch.

Ich hatte gute Freunde, zwei oder drei Mal habe ich mich verliebt, aber aus dem Verliebtsein wurde keine Liebe, es erlosch einfach. Nie sprach ich von meiner Vergangenheit, von Haddock Hall, von Elise.

Aber jede Nacht kam Elise zu mir – in meinen Gedanken. Und ich erzählte mir Geschichten, deren Protagonisten wir beide waren. Erzählte sie mir mit all den Worten, die ich in Büchern gefunden hatte.

Elise, meine *belle dame sans merci*.

Als ich in Rente ging, beschloss ich, nach all den Jahren nach England zurückzukehren. Ich wollte noch einmal Haddock Hall sehen und in meiner Heimat sterben.

Ich mietete eine Wohnung in Bishop's Stortford und besuchte oft mein früheres Zuhause, das jetzt ein unbedeutendes Museum ist. Ich kaufte eine Schreibmaschine und begann zu schreiben.

Denkmal

*B*owles stand auf dem Klingelschild des mit Efeu überwucherten Cottages. In meinem Aktenkoffer zweihundert Seiten, eine Geschichte, eine Entschuldigung, ein Denkmal.

Ich klingelte. Schritte. Mein Herz raste. Die Tür öffnete sich.

Sie stand vor mir. Noch immer ein Mädchen.

Und ich ein alter Mann.

Sie lächelte freundlich und sah mich fragend an. »Ja?«

»Ich bin's, Wilson …«, stammelte ich.

Sie erkannte mich nicht, und auch mein Name schien keine Erinnerungen in ihr zu wecken.

»Elise?«, fragte ich zögerlich.

Jetzt lachte sie. »Nein. Ich bin Eden. Elise war meine Großmutter. Die Mutter meiner Mutter.«

»Ist sie … ist Elise hier?«

Eden schüttelte den Kopf. »Sie ist letztes Jahr gestorben. Sind Sie ein Freund von ihr?«

Ich erstarrte. Elise war tot. Meine Kehle schnürte sich zu.

»Sind Sie ein Freund von ihr?«, fragte Eden abermals.

»Ja … Sie hat bei uns gewohnt. In Haddock Hall. Es ist lange her.«

»Haddock Hall«, sagte Eden. »Meine Großmutter hat kurz vor ihrem Tod von Haddock Hall gesprochen. Und mir das Messer gegeben. Ein silbernes Messer mit einer Gravur. Sie hat mich darum gebeten, es zurückzubringen.«

»Was hat sie gesagt? Wissen Sie, warum Elise Haddock Hall verlassen hat?«

Eden bat mich herein, führte mich in ein kleines Wohnzimmer. Ein Sofa, ein Sessel – roter Samt.

Wuff. Ich schrak hoch. Ein schwarzer Mops lag auf dem Sofa.

»Maddox?«

Eden lachte. »Nein, das ist Fox. Maddox war der Hund meiner Großmutter. Er ist schon lange tot. Ich habe ihn nie kennengelernt. Nach Maddox kam Rusty, nach Rusty Bobby und jetzt Fox. Wir hatten immer einen schwarzen Mops.«

Ich streichelte Fox. Er ließ mich gewähren, ohne mich anzuknurren. In dem Zimmer standen Kartons.

»Ziehen Sie aus?«

»Nein, ich ziehe ein. Bitte, nehmen Sie doch Platz.« Ich setzte mich auf den Sessel.

»Und wo ist Ihre Mutter? Elises Tochter?«

»In Italien.«

»Italien?«

Eden nickte. »Möchten Sie etwas zu trinken?«

»Gern.«

Eden machte Tee. Wir tranken.

»Sie sehen Ihrer Großmutter sehr ähnlich«, sagte ich.

»Danke. Sie war eine tolle Frau. Sie hat meine Mutter allein großgezogen. Und als dann meine Mutter mit mir schwanger war und mein Vater sie verlassen hat, hat sie geholfen, mich großzuziehen. Sie hat uns … wie soll ich es sagen … uns sehr selbstbewusst gemacht. Uns mit Liebe überschüttet. Sie hielt nicht viel von Konventionen.«

»Wann … wann ist Ihre Mutter geboren?«, fragte ich.

»Mama? 1922.«

»Wissen Sie … Hat Ihre Mutter jemals Ihren Vater erwähnt?«

Eden schüttelte den Kopf. »Nein.« Dann lächelte sie und sah mehr denn je aus wie Elise. »Meine Großmutter hatte viele Geheimnisse.«

Jetzt lächelte ich. »Ja. Das hatte sie. Was hat sie Ihnen über Haddock Hall erzählt?«

»Nicht viel. Nur dass sie in einem roten Zimmer gewohnt hat und dass sie sehr glücklich gewesen ist. Ich habe sie gefragt, warum sie Haddock Hall verlassen hat. Das ist eine lange Geschichte, hat sie geantwortet. Aber die Geschichte hat sie mir nicht erzählt. Und dann hat sie mir das Messer gegeben und mich gebeten, es zurückzubringen. Das habe ich neulich erst getan. Heute ist dort ein Museum.«

»Hat sie jemals Edmund oder George oder Clay oder mich, Wilson, erwähnt?«

»Nein. Tut mir leid.«

Eden sah, dass ihre Antwort mich traurig stimmte.

»Meine Großmutter hat nie über ihre Vergangenheit gesprochen. Nie Namen erwähnt. Sie hat gesagt, dass sich alles verändert hat, als sie ihre Tochter das erste Mal in den Armen gehalten hat. Dass es ein neuer Anfang gewesen war. Dass sie gefunden hatte, was sie gesucht hatte.«

Ich verließ Eden, ohne ihr die zweihundert Seiten zu geben.

Als ich wieder zu Hause war, schlug ich den goldenen Löffel, den ich all die Jahre wie einen Talisman bei mir getragen hatte, in rotes Seidenpapier ein und schrieb einen Brief.

Liebe Eden,

es hat mich sehr gefreut, Ihre Bekanntschaft zu machen. Sie sind Ihrer Großmutter wie aus dem Gesicht geschnitten. Elise war meine einzige Liebe. Ihr Bild ist immer gegenwärtig. Sie hatte Geheimnisse. Ein paar kenne ich, viele nicht.

Ich freue mich sehr, dass Elise gefunden hat, was sie gesucht hat. Dass sie glücklich war. Ich habe oft versucht, neu anzufangen. Mit der Vergangenheit abzuschließen. Es ist mir nicht gelungen.

Der goldene Löffel ist alles, was mir von Haddock Hall geblieben ist. Ich wüsste nicht, wer außer Ihnen ihn bewahren könnte.

Meine Tage sind gezählt, aber ich habe sie genutzt, um alles aufzuschreiben. Für Elise, für mich, für die Toten. Ein Denkmal. Ich schicke Ihnen diese Seiten, und es ist Ihnen überlassen, was Sie damit machen. Vielleicht möchten Sie die Geschichte lesen.

Wilson Haddock

Jane Crilly

Jane Crilly, geboren 1972 in einem kleinen Städtchen in Südengland, wollte schon früh ihre Heimat hinter sich lassen. Vorfreudig hat sie ihre Au-pair-Zeit herbeigesehnt, um dann bitter enttäuscht zu werden: von der schrecklichen Gastfamilie und ihren noch schrecklicheren Kindern. Trost gespendet hat allein die *pâtisserie*, die sie durch das vielleicht einsamste Jahr ihres Lebens getragen hat. Später studierte Crilly mit deutlich größerer Begeisterung Kunstgeschichte und arbeitete in verschiedenen Galerien. Ihr größte Leidenschaft gilt allerdings der Literatur, ihre Lieblingsautorin ist Nancy Mitford. Lange schrieb Crilly nur für die Schublade. Ihr erster Roman *Der Gärtner von Wimbledon* (2023) wurde zum Bestseller. Heute lebt Crilly mit ihrer Englischen Bulldogge Headache und ihrem Mann zwischen London und Cambridge.

KAMPA VERLAG

Jane Crilly
Der Gärtner von Wimbledon
Roman
Aus dem Englischen von Julia Becker

Eine Liebe, die in Wimbledon ihren Anfang nahm
und einen Weltkrieg, ein ganzes Leben überdauerte

Großbritannien 1938. Für Rose Blake ist Wimbledon der Ort, an dem ihr größter Traum in Erfüllung gehen könnte. Doch die Zeit ist nicht reif: Rose soll eine gute Ehefrau werden, keine Profitennisspielerin. Für Henry Evans ist Wimbledon der Ort, an dem er und Rose sich endlich nah sein konnten. Denn die beiden Teenager trennen Welten: Rose, Tochter aus besserem Hause, spielt Chopin auf dem Klavier, Henry, dessen Mutter viel zu früh verstorben ist, gehört zum Hauspersonal. Er wohnt auf dem Anwesen der Familie Blake, weil sein Vater als Gärtner angeheuert hat. Und doch führt das Leben Rose und Henry zusammen. Sie freunden sich an, sie verlieben sich. Bis der Krieg sie schmerzlich trennt. Henry geht den für ihn einzig denkbaren Weg: Er wird der Gärtner von Wimbledon – und bleibt es fünfzig Jahre lang. Immer in der Hoffnung, dass auch Rose eines Tages zurückkehren wird.

»Das ist so lebendig und mitreißend geschrieben …
Kein Wort zu viel … Ein kleiner, feiner Roman
über die Liebe des Lebens.«
Daniel Kaiser / NDR Podcast »eat.READ.sleep.«